D1985891

Neue Literatur · 2024/2025

Neue Literatur

2024/2025

Herausgegeben von

Anna-Lena Kremser

AUGUST VON GOETHE LITERATURVERLAG

FRANKFURT A.M. • LONDON • NEW YORK

Die neue Literatur, die – in Erinnerung an die Zusammenarbeit Heinrich Heines und Annette von Droste-Hülshoffs mit der Herausgeberin Elise von Hohenhausen – ein Wagnis ist, steht im Mittelpunkt der Verlagsarbeit. Das Lektorat nimmt daher Manuskripte an, um deren Einsendung das gebildete Publikum gebeten wird.

Bibliografische Information der Deutschen Nationalbibliothek
Die Deutsche Nationalbibliothek verzeichnet diese Publikation in der Deutschen Nationalbibliografie; detaillierte bibliografische Daten sind im Internet abrufbar über http://dnb.d-nb.de.

Dieses Werk und alle seine Teile sind urheberrechtlich geschützt.

Lektorat und Gestaltung: Anna-Lena Kremser
Titelbild: Cocoparisienne / Pixabay

Websites der Verlagshäuser der Frankfurter Verlagsgruppe:

www.frankfurter-verlagsgruppe.de
www.frankfurter-literaturverlag.de
www.frankfurter-taschenbuchverlag.de
www.public-book-media.de
www.august-von-goethe-literaturverlag.de
www.fouque-literaturverlag.de
www.weimarer-schiller-presse.de
www.deutsche-hochschulschriften.de
www.deutsche-bibliothek-der-wissenschaften.de
www.haensel-hohenhausen.de
www.prinz-von-hohenzollern-emden.de

Nachdruck, Speicherung, Sendung und Vervielfältigung in jeder Form, insbesondere Kopieren, Digitalisieren, Smoothing, Komprimierung, Konvertierung in andere Formate, Farbverfremdung sowie Bearbeitung und Übertragung des Werkes oder von Teilen desselben in andere Medien und Speicher sind ohne vorhergehende schriftliche Zustimmung des Verlags unzulässig und werden auch strafrechtlich verfolgt.

Gedruckt auf säurefreiem, alterungsbeständigem Papier, hergestellt aus chlorfrei gebleichtem Zellstoff (TcF-Norm).

Printed in the EU

ISBN: 978-3-8372-2852-6

©2024 FRANKFURTER LITERATURVERLAG

Ein Unternehmen der
FRANKFURTER VERLAGSGRUPPE GMBH
Mainstraße 143
D-63065 Offenbach a.M.
Tel.: 069-40-894-0 • Fax 069-40-894-194

E-Mail: lektorat@frankfurter-verlagsgruppe.de

Worte
Erinnerungen
Botschaften

Maria Baumgartner

Herbstnebel

Dichter Nebel
über dem Land.

Wo sind die Blumen,
die Gräser, die Bäume?

Alles Leben
scheint ausgelöscht.

Gedanken schweifen
in endlose Fernen.

Hol sie zurück!

Ordne alte Pläne
und schmiede neue,

denn auch der Nebel
muss weichen.

Die Natur erstrahlt dann wieder
in ihrem Glanz

und lässt
neue Schönheit leuchten.

Hoffnung

In einer Zeit,
in der die Verbreitung von Hass,
von Angst und Schrecken
um sich greift,

die in Terroranschlägen
einen verheerenden Gipfel
von Menschenverachtung
erreicht,

noch ein Augenpaar finden,
in dem Funken von Verständnis,
von Mitgefühl und Hilfsbereitschaft
aufleuchten –

mit diesen Funken
ein Feuer anzünden,
das weithin leuchtet
und Herzen öffnet.

Beatrix Ramona Benmoussa-Strouhal

Hitze über der antiken Stadt Olympia

Die Hitze der Sonnenstrahlen sorgte dafür, dass mithilfe eines Hohlspiegels im antiken Griechenland das olympische Feuer entzündet wurde. Nach wie vor wird mit dem gleichen Ritual das Feuer entfacht. Nämlich durch die Bündelung der konzentrierten Strahlen des Sonnenlichtes, die in der Mitte des gewölbten Spiegels eingefangen werden und dort zusammentreffen.

Mit langen Gewändern feierlich bekleidet trugen junge Mädchen das Feuer, das in einen Tonkrug gegeben wurde, in das alte Stadion nach Athen. Das Feuer, ein Symbol für Frieden. Eine Fackel wurde zu Ehren der Göttin Hestia im griechischen Olympia entzündet. Der olympische Gedanke überwog alles, obwohl es in der Hitze schwer war, sportliche Leistungen auszuführen.

Schweißperlen tropften von der Stirn des Stadionläufers, der die Königsdisziplin gewählt hatte. Nackt, mit Olivenöl eingerieben, und barfuß lief er, so schnell ihn seine Beine tragen konnten. Die Sonne glühte unbarmherzig vom Firmament herab. Nur zwei Gedanken erfüllten ihn, möglichst rasch als Erster das Ziel zu erreichen und mit viel Wasser den Durst zu löschen. Es war ein Laufen gegen die Zeit, ohne zu wissen, wie sie verfloss. 192 Meter waren zu bewältigen. Ob er es schaffen würde? Er rief ein Stoßgebet zu den Göttern empor, damit er die Kraft erhielt, durchzuhalten. In Windeseile und mit langen Schritten flog er über die Ziellinie. Nun hatte er es geschafft, der Götter wegen, und küsste voller Dankbarkeit die Erde.

Im Tempel des Zeus' wurden die Gewinner mit Siegeskränzen, gebunden aus Olivenzweigen, geehrt. Es war die größte Ehre und die höchste Anerkennung, als Olympiasieger gekrönt zu werden.

Margitta Börner

Erinnerung an Erika

Es ist zu spät.
Ich wollte Dir noch so vieles sagen.
Du hast Lust und Freude am Schreiben gesät
an all Deinen Tagen.

Deine Stimme noch im Ohr
Dich als Freundin ich verlor.
Wen soll ich nun fragen,
wie meinen Schmerz und Kummer je ertragen?

Deine Geschichten wie in Filmen sehen
in alte Zeiten das Leben verstehen.
Wundervoll erleben die Leser das Dasein zurück
und werden gefangen im Wahn vollen Glück.

Jetzt ist das Später geschehen.
Wann werden wir das verstehen?
Ich fasse nach Deiner schreibenden Hand
in einem Nichts diese verschwand.

Später, später,
kommt niemals wieder.
Wie ein Traum ohne Lieder.
Müde Augen sehen weit,
stolz Ruhm und Ehre ewig ihr verleiht.

Regine Correns

Birken im Herbst

Schon kämmt
der Wind
gelbe Strähnen
in ihr grünes
Haar.

September

Der Herbst kommt
wie ein Dieb
und raubt
dem Abend
seine Wärme,
flüchtet in die
kühle Nacht
mit seinem Diebesgut,
dem Licht
der hellen Sonne.

Im November

Heute
auf dem Friedhof
im Vorübergehn:

Ein Schwarzgekleideter
trug die Urne,
dahinter
niemand.

Das bisschen Mensch
gebettet
zur ewigen Ruhe.

Windhauch, Windhauch,
der stöbert das Laub auf,
das knöchern vergilbte
und lässt uns erschrecken.

Dahin

Ein Schmetterling schläft
im Maul der Nacht.
Der Wolf lagert
unweit der Schafe.
Rosen blühen
am wilden Strauch.

Dann fielen die Bomben.

Sie jagten
den Wolf und das Schaf,
zerfetzten
den Falter, die Rosen und

brachten die Sprache
zu Fall.

Dahin sind die Worte
die bunten und schönen,
die sanften und guten.

andere jetzt:
schwarz gedruckt.

Kriegsausbruch Herbst 2023

Regina Franziska Fischer

Genozid Gazastreifen

Forderungen nach Einstellung der Kampfhandlungen innerhalb der Konfliktparteien

Mit Gewalt und Gegengewalt wird ein System befestigt, in dem nichts Neues entstehen kann. Situationen stagnieren und in ihnen die betreffenden Personen.

Verantwortung für andere Menschen in fremden Ländern zu übernehmen, heißt, mit ihnen in Frieden leben.

Ein Rechtsstaat bezieht seine Glaubwürdigkeit daraus, dass er gewaltfrei agiert und reagiert. Auf dem Wege der Gewaltlosigkeit lassen sich Probleme langfristig zunehmend lösen.

Eine internationale Friedenskonferenz zur Beendigung des Gaza-Krieges wäre der Weg in eine lichtvolle Zukunft ...

G. E. Fugmann

Novembermorgen

Der Himmel grau und zugezogen,
das erste Licht quält sich zur Welt hinab,
kalte Feuchte kondensiert an meinem Fenster
und perlt als kleines Rinnsal an der Scheibe ab.
Eine Handvoll Spatzen kommt vorbeigeflogen
und sammelt sich im großen Weißdornbusch vorm Haus,
der Zeitungsbote hat den Mantel zugezogen
und liefert fröstelnd seine Zeitung aus.

Aus den Schornsteinen der Nachbarhäuser
schlängelt sich in dünnen Fäden Rauch,
am Kopfsteinpflaster in der dunklen Gasse
klebt wie Kleister glitschig, nasses Laub.
Wer nicht zur Arbeit muss, bleibt besser heut zu Hause,
ausgestorben ist die kleine Stadt.
Das Straßenlicht wirkt müde und es flackert
wie ein verlor'nes, allerletztes Blatt.

Sinnend schau ich eine Weile aus dem Fenster,
dann zieh ich mir den dicken Pulli übers Kinn
und verscheuche mutig all die Herbst-Gespenster,
weil ich lebe und ganz bei mir bin.
Umfass' mit beiden Händen meine Lieblingstasse,
atme tief den Duft von Kaffee ein,
und denk mir: „So 'n Novemberblues ist Klasse,
es tut mir gut, auch mal allein zu sein."

Johann Prosper Kako

Mea culpa

Ich war Stalin, Mao und war Ulbricht
(nur Hitler, nein Hitler war ich nicht!?)

Mutter sprach sehr oft von Christus,
vom Gebot, der Nächstenliebe.
Das führte mich zum Kommunismus;
Mutter fand, ich übertriebe.

Aber ich, ich hasste halbe Sachen,
verschwor mich der Weltrevolution,
wollte Nägel mit Köpfchen machen
und wähnte den Klassenkampf schon.

Hab nicht lang mit mir gerungen,
war die Richtung doch sonnenklar;
die Internationale hab ich gesungen,
ist ihr Ziel nicht wunderbar?

Nur leider wählte hierzulande
kaum jemand die rote Partei,
weil keiner die Wahrheit erkannte
und das Votum stand jedem frei.

Sollte man die verblendete Masse
nicht notfalls zu ihrem Glück zwingen?
Nur eine Welt ohne Ausbeuterklasse
wird uns ins Elysium bringen.

Die Arbeiter-Bauern-Avantgarde
(zu der ich natürlich gehörte),
führt in (m)einem *gerechten* Staat
jeden Menschen zu eigener Würde!

Man muss die Leute halt umerzieh'n,
sie vom Wolf in sich selber befrei'n
Und sollte wer außer Landes flieh'n,
sperrt man beschützend ihn ein!

Mauern, Verhaue aus Stacheldraht
(von Besserungslagern flankiert)
braucht am Anfang der bessere Staat,
der dann ewigen Frieden gebiert.

Auf Opposition lässt sich verzichten,
gut wär' auch 'ne Pressezensur;
scharfer Debatten bedarf es mitnichten,
denn es gilt (m)eine Wahrheit nur.

Ihr Credo lautet: *Solidarität*,
und setzt auf den Umbau der Welt;
so radikal wie's nur irgendwie geht:
fort mit Besitz und weg mit dem Geld!

Gott ist tot, es lebe Karl Marx!
Man bete all seine Suren nach!
Sofort,– spätestens andern Tags
wird des Volkes Begehren wach.

Der Mensch ist das Maß aller Dinge,
egal was der Umwelt geschieht!
Auf dass der Sozialismus gelinge:
Genossen, singt alle mein Lied!

Das war es, was ich mir dachte
für ein besseres Morgen im Land!
Doch wie man es „drüben“ machte
hab’ ich dann als toxisch erkannt.

Dort trat man die Erde mit Füßen,
man verbot jedes kritische Wort,
ließ den Staatsapparat sprießen;
nein, das war mir kein Zukunftshort.

Einst hab’ ich wie Ulbricht gedacht,
fast wie der Tyrann der Sowjetunion;
ich hätte unsagbares Leiden gebracht
im Namen des „Menschensohn“.

Man hat mich zum Glück nicht gelassen
auf des Volkstribuns stählernen Thron
als Held ausgebeuteter Massen.
Alle kamen wir glimpflich davon!

Und jetzt, wofür kämpf' ich heute?
Natürlich für die Frauenquote.
Ich beschimpfe die rechte Meute
und ford're PEGIDA-Verbote.

Ich bin jetzt woke wie's mehr nicht geht,
besuche jedwede Love-Parade.
Ferner seh' ich von Herzen ein,
ein böser, alter, weißer Mann zu sein!

Die Klimakrise und die Sklaverei
sind meine Schuld. Ich hab weggeschaut.
Mir war'n Minoritäten einerlei.
Mea culpa, ich hab's versaut!

Vor allem halt' ich mich brav im Zaum
und pinkle nie mehr im steh'n;
nicht einmal hinter einem Baum.
Wie ihr seht: die Zukunft wird schön!

Brigitte Koch

Lachen – ein Lebenselixier

Lachen bewegt das Zwerchfell auf und ab.
Lachen bringt die Gehirnzellen auf Trab.
Lachen hält Leib und Seele gesund.
Lachen versorgt die Muskeln am Mund.
Lachen sorgt für Zufuhr von Sauerstoff.
Lachen beendet zwischen Streithähnen Zoff.
Lachen ist kostenlose Medizin.
Lachen ist stimulierend wie Koffein.
Lachen entmottet – wie den Kleiderspind.
Lachen ist frisch wie der Frühlingswind.
Lachen entkrampft von Ängsten und befreit.
Lachen holt heraus aus der Einsamkeit.
Lachen vermischt sich oft mit Schmerz.
Lachen berührt und stärkt das Herz.
Lachen schützt vor der Angstneurose.
Lachen passt in keine Konservendose.
Lachen springt über wie ein Floh.
Lachen kitzelt wie ein Jabot.
Lachen ist wie für den Künstler Applaus.
Probier' das Lachen doch selbst mal aus.

Detlev Krause

Flaschenposts Reise

Auf einer ganz bestimmten Weise
geht ein Brief von mir auf eine lange Reise.
In einer Flasche wohlverstaut und wasserdicht,
so versinkt er in den Fluten nicht.
Adresse soll der Zufall sein,
der Bote ist allein der Rhein.

So treibt die Flasche ihren Weg,
nichts hält sie auf, kein Fels noch Steg.
Entlang an Burgen, auf felsigem Stein,
entlang an steilen Hängen mit köstlichem Wein,
entlang an Städten trägt sie der Rhein.

Was ich in den Brief reinschrieb?
Hallo Menschen, habt euch lieb!
Achtet mehr auf unsere Welt,
denn um sie ist's schlecht bestellt.
Gebt den Brief von Hand zu Hand,
hier und auch im fremden Land.
Denn das soll die Botschaft sein,
vom guten alten Vater Rhein.

Unterm Apfelbaum

In den Garten gehe ich und seh' den Apfelbaum.
In seiner weiten Krone hängt ein letzter Sommertraum.
Ein Apfel ist's, er verpasste seinen größten Wunsch auf Erden,
als sonnenreife Frucht gepflückt zu werden.
Nun wird ihm langsam kalt,
er fühlt sich schrumpelig und alt.

Doch er möchte noch nicht fallen,
so hart auf die Erde knallen.
Kommt der Sommer vielleicht doch zurück,
verspricht des Apfels Seele pures Glück?

Aber des Herbstes kalter Hauch
verursacht Schmerzen ihm in seinem Bauch.
Und er fühlt das Ende kommen,
die fremde Kälte hat ihm den Mut genommen.
So stirbt er fallend aus der Höh',
bedeckt mit Laub durch eine Böh'.

Nach der langen kalten Winterszeit
trägt der Baum nun Frühlingskleid.
Herrliche Blüten zieren ihn
und ich gehe wieder zu ihm hin,
denn zum Garten ist's nicht weit.

Ich sitz' in seinem Schatten und schau' so vor mich hin,
bis ich auf etwas aufmerksam geworden bin.
Ein kleines Apfelbäumchen, das habe ich entdeckt,
im hohen Gras, da hat es sich versteckt.
Und ich sehe den Apfel dort im Baum,
sein Kampf ums Überleben.
Jetzt wird er seinen Sommertraum
in diesem jungen Apfelbäumchen weiterleben.

Ute Kreibich

Ich vermisse Dich – Schmetterling

Jeden Tag denke ich an Dich.
In meinen Nachtträumen sehe ich Dich.
Doch du bist so fern.
Dein Platz bleibt leer.

Ich sehne Dich herbei.
Vielleicht spürst Du es.
Schmetterling – Du lebst in Deiner Welt
und ich in der meinen.

Ein unsichtbares Band
verbindet uns.
Und doch fehlst Du mir.

Wenn ich den Klang Deiner Stimme höre,
dann geht mir das Herz auf.
Ach, wenn ich Dich nur wiedersehen könnte!

Schmetterling – ich vermisse Dich!

Schmetterlinge fängt man nicht

Denn sie brauchen ihre Freiheit
wie die Luft zum Atmen.
Wenn sie fliegen und
so schön bunt leuchten –
wer möchte da nicht so
einen schönen Schmetterling haben.

Doch der Schlüssel zum Glück
liegt nicht im Haben – Wollen,
sondern Im Sein – Lassen.

Darum bedenke: Schmetterlinge fängt man nicht!

Karl-Heinz Labetzsch

Köpenick des Herrgott Meisterstück

Ich fahre so gerne mit dem Dampfer ganz beschaulich auf der Spree.
Vorbei an Ochsenkopp und Kuhle Wampe, bis raus zum Großen Müggelsee.
Stolz grüßen hier die Müggelberge. Das sind die Alpen von Berlin. Die Zugspitze heißt Müggelturm, ein Ort mit Tradition. Und jeder Berliner, der uff sich hält, der war hier oben schon. Hier oben ist die Aussicht gut, och Möwen sieht man zieh'n. Det is ja grad det Dolle. Det Dolle an Berlin. Im Winter wird gerodelt. So mancher Schlitten kracht. Im Sommer jehts nach Rübezahl. Een Fass wird uffjemacht. Ich brauche keine Berge. Nein. Mich zieht's auch nicht zur See. Mein Herz und meine Seele, die gehör'n hier an die Spree. Ja, hier bin ich zuhause, hier finde ich mein Glück. Und Köpenick, ick bleib' dabei, ist des Herrgott Meisterstück.

Leonhard Maderspacher

Eigenhirnsprüche

Würste können im heißen Wasser schwimmen,
ich nicht.

Ein bewegendes Gefühl kann man auch haben,
wenn man ganz ruhig sitzt.

Mein lieber Herr Gesangsverein,
wenn ich singe,
dann bin ich schnell allein.

Ist man frustriert,
dann man besser keinen Alkohol konsumiert.

Sind die Tage dunkel und die Nächte hell,
dann muss man was ändern und zwar schnell.

Ist die Laune gut,
dann man sich leichter leben tut.

Wenn man sich schämt für das was man tut,
dann ist das nicht gut.

Die Sonne scheint, der Flieder blüht,
und ich habe schon ordentlich vorgeglüht.

Eine Forelle fühlt sich in meinem Magen sehr wohl,
weil ich trinke kein Salzwasser.

Je älter ich werde,
umso weniger Angst habe ich vor dem Leben.

Die Welt ist rund,
aber der Mensch macht leider viele Ecken daraus.

Ein Reifen zum anderen:
„Ja, du bist vielleicht abgefahren."

Sieht man Abendrot am morgen,
dann macht man sich meist große Sorgen.

Fehlt auf der Toilette das Papier,
dann denkt man sich,
warum bin denn ich jetzt hier?

Ein glücklicher Moment zur richtigen Zeit,
macht die Blutgefäße wieder weit.

Eine Salatgurke braucht für nichts gerade zu stehen.

Manchmal schreibe ich nur im Kopf,
weil ich war immer schon ein frecher Tropf.

Ist der Frosch eine Nachtigall,
dann haben alle einen Knall.

Ich bin noch in der Schwebe,
ob ich vielleicht doch ewig lebe?

Wenn du nicht weißt was du suchst,
dann brauchst du gar nicht erst schauen.

Klaus hieß unsere Maus,
aber dann kam die Katze
und schmiss sie raus.

Auch mit viel Lust gibt es Frust.

Eine schlechte Laune froh gestimmt,
einen dann schon weiterbringt.

Ich wäre gern so still,
aber mein Mund macht was er will.

Wenn eine Vogel kommt an die Scheibe geflogen,
dann wäre es besser gewesen, er wäre abgebogen.

Ich habe das Aufladen verpennt,
darum habe ich nur noch 5 Prozent.

Jeder Baum braucht Wurzeln,
weil sonst tut er zu leicht purzeln.

Ich gehe sehr gerne spazieren
und lasse mich dann von einem Bier verführen.

Stillst du den Hunger mit dem Durst,
dann ist dir die Leber wurst.

Guten morgen liebe Sorgen,
seit ihr auch schon alle auf?
Seit ihr heute schon besoffen,
weil dann seit ihr ja gut drauf.

Man sollte versuchen glücklich zu sein,
auch wenn einen das Leben ständig stellt ein Bein.

Hannelore Neumann

Die Worte sind fortgerannt
haben Sie die Gedanken nicht erkannt?
Oder waren sie zu still und unsichtbar?
Die Worte brauchen die Gedanken,
ganz ohne Schranken
und ohne Schmerz
zieh'n sie ins Herz,
wenn gutes Denken
die Wege lenken.

Rolf von Pander

Geschichtskunde gegen Krieg

Nur fünf Worte, die solch einen Zusammenhang beschreiben
könnten:
Versprochen-gebrochen-versteckt-Spannung-Vulkan.
Und da wir in einer Welt leben, in der
Money-money-money-money Handeln beherrscht,
könnte es sich lohnen,
über Umkehrschluss den Hinweis zu finden,
wie ein Vulkan zum „Einschlafen“ gebracht werden könnte.
System Hoffnung versus Überwältigung:
Bürger befragen,
unter den Antworten Hilfen finden,
die Menschen vor Verstümmlung oder Tod x-tausendfach
retten.
Wäre dies nicht etwa auch besser sozial-verträglich für
Erdbewohner?

Wie weit müsste dazu das Buch der Geschichte
zurückgeblättert werden?
Hinsichtlich des Konflikts im Nahen Osten bestimmt bis
zur Christenverfolgung durch römische Herrscher –
... fürs Zurückrufen zum Bewusstsein,
dass den gnostischen Urchristen unter schwerster Strafe
verboten wurde, an die Wiedergeburt glauben zu dürfen (553
A.D.?).

Wohlmöglich war dieser christliche Glaube
störend fürs Machtstreben römischer Herrscher,

aber nach Leib und Leben der gnostischen Christen zu trachten.
rettete nicht das römische Reich im geschichtlichen Verlauf!

Sollte dies nicht als Argument fürs Einlenken zum
Waffenstillstand oft schon genügen?
Bitte, nicht vorstellbar?
Nicht nur Einwanderungen, auch Wiedergeburten sind
eine Art Schmelztiegel kulturell-seelischer Vermischung,–
besonders auch in Ländern, die sich als Sieger (vermeintlich)
verstehen.
Niemals gewusst?
Abschluss mit Verweis auf: „Suche Frieden und jage ihm
nach“, (Psalm).

Christine Pauly

Lied der Sonnenblume an die Sonne

Ich verneige mich vor dir,
oh Sonne, bist du groß!
Licht und Wärme schickst du mir
in meinen kleinen Schoß.

Muss mühen mich und regen.
Oh Sonne, bist du weit!
Ich wachse dir entgegen
in lichte Seligkeit.

Patrizia Franziska Rottmüller

Heldenreise

Wenn Unzufriedenheit in uns entsteht,
die Aufbruchstimmung uns bewegt.
Selbst Angst und Zweifel,
zwei lähmend' Brüder,
bisher in uns gewohnt und auch so nah,
verlieren ihre Kraft,
denn nichts wird bleiben, wie es zuvor war.
Der Weg der Heldenreise nun beginnt.
Jedoch nur der, der wirklich will und alles gibt,
wird siegen, denn Helden werden dann
geschrieben, wenn Mut sich zeigt und
Menschen wirklich lieben.

Sternschnuppennacht

Halbmond, zeig' mir deine Sichel und trag' mich
fort zum Firmament.
Doch wäre ich dort oben, wie könnt' ich dann erkennen,
was man als Nacht benennt.
Es würde sich nicht zeigen, das weite Himmelszelt.
Auch gäbe es kein Sehnen, noch würde man die
Sternschnuppennacht jemals erwähnen.
Kein Warten auf den einen Stern,
kein Wünschen in den klaren Nächten und auch
kein Blick zu unserm Herrn.
Doch wenn die Neugier und die brennend' Sehnsucht
für dies Himmelszelt, erneut in seinen Bann mich nimmt,
werd' ich in Dankbarkeit mich zeigen, dass ich für dieses
irdisch' Leben, heute bin bestimmt.

Worte überdauern

Das Leben vergeht im Lauf der Zeit,
so wie der Ost zum West sich neigt;
gleichwie der Tag dem Abend weicht,
wenn doch die Dunkelheit das Licht
erreicht.
Der Lebenshauch wenn durch die Zeit gelebt,
in heil'ger Stille wird entführt.
Jedoch das Menschenwort, hiervon wird nicht
berührt.
Der Worte Leben bleibt, durch seine eigen Kraft
und so die Unvergänglichkeit des Menschen
in sich erschafft.

Dann FEHLT, sozial, dafür ein „Held“,
der dann selbst für „hin die Rübe hält“,
dass „kreativer“, „großer Würfe“
Erfolg erwarten mancher dürfe.
Denn keine Konstruktion sonst hält,
die wie ein Kartenhaus sonst fällt;
wie mancher hat auch sonst noch Pläne,
„nur wenn die Sache so schön käme
und der für zahlt“ – als ob es Spesen,
der einfach nur arglos gewesen.
DOCH dies HALTE als sein Kapital
der FEST, der dafür litt viele Mal!
Und nun ERKENNE an den Reden,
was viele Schwätzer ihm gern nähmen!
Der SCHAU ZURÜCK und frag die Zeit:
WOHER stammt die heut’ Allherrlichkeit?

Wendelin Schlosser

*Vogeler**

Propaganda hat leider stets viele Facetten.
Auch Vogeler konnte sich vor ihr nicht retten.
Man soll der Diktatur nicht alles in die Schuhe schieben,
denn er hat sich ihr stets aus freien Stücken verschrieben.
Da die Diktatur das Menschenleben verachtet,
hat auch sie ihn eines Tages abgeschlachtet.
Man trieb ihn halt in die Verbannung, ins Verderben,
in Karaganda musste er elendig sterben.
Tja, nach ständigen Schicksalsschlägen, nach schweren Hieben
ist sein Herz vor Hunger und Kälte stehen geblieben.
Man hat ihn stets erniedrigt, seine Seele massakriert,
in den berüchtigten Karlag** wurde er deportiert.
Um die Schäden der Gehirnwäsche halt zu heilen,
musste er das Schicksal der Russlanddeutschen teilen.
Propaganda kann vieles erreichen, sie kann vieles schaffen.
Sie macht aus einem Menschen stets einen lustigen Affen.
Früher wurden Russlanddeutsche vernichtet, deportiert.
Jetzt hat Propaganda manchen das Gehirn amputiert.
Hirnlos steigen sie ins Reich des Todes hinab.
Dort tanzen sie auf ihrem eigenen Grab.
Ohne jeden Zwang, ohne jede Not,
preisen sie die Diktatur und den Tod.

Auf der Suche

Ein Stachel tut sich an meiner Seele reiben.
Hier wo ich bin, hier möchte ich halt nicht bleiben.
Mein Leben ist voller Kummer, Schmerz und Pein.
Dort wo ich sterben kann, dort will ich nicht sein.
Den Weg, den ich suche, den wird es nicht geben.
Tja, das Leiden gehört wahrscheinlich zum Leben.

* Deutscher Künstler Vogeler war ein Opfer der Gehirnwäsche, denn er ist aus freien Stücken in die UdSSR gegangen um den Aufbau der sozialistischen Gesellschaft voranzutreiben. 1941 in Folge der Deportation aller Russlanddeutschen in die Verbannung nach Sibirien und Kasachstan wurde auch er, als Deutscher, von Moskau nach Karaganda in die Verbannung deportiert. Schon ein Jahr später 1942 ist er der Vernichtungsmas chinerie. wie hunderttausende Russlanddeutsche, zum Opfer gefallen. Vogeler starb vor Hunger. Kälte und Entkräftung 1942 in der Verbannung zu Karaganda.

** Arbeitslager in Karaganda.

Georg Schwörer

Gedichtzyklus: Vier Jahreszeiten

Frühling

Wie jedes Jahr kommst Du zurück,
nach einem langen Winter.
Belebst mit warmer Sonnenkraft
Natur und Menschenkinder.

Vor Wochen noch, das Land war tot.
Jetzt lebt und regt sich alles.
Die Sonne mit viel Wärm und Licht
uns wunderbar umgibt.

In aller Früh die Vöglein singen,
die Menschen erwachen mit Musik.
Die Tage schwerkraftlos beginnen,
frisches Grün uns bringt zum Schwingen.

Der Wiesen Duft streicht übers Land,
der Himmel strahlt als blaues Band.
Es summt und brummt, wohin man geht,
ein Werden, Streben, sich emsig regt.

Frühling, Du hast mich neu gemacht,
die Auferstehung mitgebracht.
Das Osterfest mit seinem Glanz
hält in mir Einzug voll und ganz.

Jetzt kann ich wieder lieben
die Schönheit der Natur mich inspiriert.
Im Schnee war sie verdeckt geblieben,
ganz selbstverständlich sie regiert.

So geh' ich frohen Mutes
durchs heimatliche Tal.
Mit leichtem Schritt ich schreite,
den Blick zurück ich meide.

Er schweift geradeaus nach vorn
zum Schluss des grünen Tals,
zu schneebedeckten Gipfeln,
die von heller Sonne angestrahlt.

Wie fern ist doch der Winter,
wie schön ist heut' die Welt.
Ach könnt sie nur so bleiben,
von Sonnenstrahlen erhellt.

Dem Frühling folgt der Sommer,
mit seiner Hitzepracht.
So will ich noch verweilen,
festhalten ihn mit aller Macht.

Sommer

Des Sommers Hitzepracht,
sie hält die Menschen gefangen.
Wär' nur die Arbeit nicht,
er könnte sich entspannen.

Warum kann er nicht ruhen,
so wie's getan die Alten.
Er hat's einfach verlernt,
kann nicht mehr innehalten.

Große Schwüle lastet überm Land,
die Kinder spielen am Bache.
Im Schweiß der Bauer mäht die Wies',
bevor ein Hagelsturm sich drauf ergießt.

Die Kinder sind so fröhlich,
so ohne Sorg und Last.
Die Schule ist vergessen.
Der Sommer, der macht Spaß.

Das Wasser spritzt,
die Kinder lachen,
die Sonne sengt,
sie nehmens gelassen.

Ein lauer Sommerabend
erfreut mein liebendes Herz.
Ich geh entlang des Baches,
vergessen ist mein Schmerz.

Rot färbt sich ein der Himmel,
die Dämmerung schleicht herauf.
Wird in der Nacht die Schwüle
vom Gewitter noch zerteilt?

Dankbar den Abend ich genieße.
Heuduft betörend mich umhüllt.
Das Kornfeld sanft sich wieget,
ein lauer Windhauch der es bieget.

Die Felder stehen in Pracht und Fülle.
Gesegnet ist das schöne Land.
Ich kann Gott nur noch loben,
die Ernte holt der Bauer morgen.

Plötzlich ein unheimliches Grollen.
Vom Berg, da dröhnt's herab.
Mich schreckt's aus meinen Sinnen.
Wo soll ich hin, was beginnen?

Der Weg zurück ist weit,
ich muss mich mächtig sputen.
Die alte Scheue drüben
wird Unterschlupf mir bieten.

Der Sturmwind pfeift durch alle Ritzen.
Es blitzt und kracht um mich herum.
Der Hagel prasselt mit dem Regen.
Den Feldern bringt das keinen Segen.

Der Schwüle Last sie ist verflogen,
gereinigt ist die Atmosphär'.
Ich kann schon wieder atmen,
doch die Frucht liegt da zerschlagen.

Allein der g'schundene Bauer murrt.
Sein Kornfeld liegt am Boden.
Der Ernte Lohn, sie ist verdorben.
Wie soll er da Gott noch loben?

Herbst

Rotgelb die Äpfel leuchten,
zur Ernte sind bereit.
Der Weinstock hängt voll Trauben,
die Winzer sind nicht weit.

Mild wärmt die tiefe Sonne
den Mensch' und die Natur.
Ich kann es gar nicht glauben,
vom Winter keine Spur.

Die Menschen sind so fröhlich.
Ein Weinfest sie erfreut.
Musik, Gesang erklingen,
die Menschen fröhlich singen.

Wie schön ist doch das Leben.
Die Ernte eingebracht.
Ich bin heut' frei von Sorgen,
kein Denken an den Morgen.

Jetzt ist es Zeit zum Wandern,
durch bunten Wald und Flur.
Es rascheln leis' die Blätter.
Gesegnet sei die göttliche Natur.

Hoch steh' ich auf des Berges Gipfel,
mein Blick schweift bis zum Horizont.
Bin losgelöst von allen Dingen,
der Täler Nebel nicht zu mir dringen.

Tage später klatscht der Regen.
Der Sturmwind pfeift ums Haus.
Ich sitze in der Stube
und will nicht mehr hinaus.

Die Blätter liegen am Boden,
vorbei ist's mit der Pracht.
Der Wald im heimatlichen Tale
ist grau und ohne Lebenskraft.

Ich geh' entlang des Baches,
der mächtig braust und zischt.
Ich denke an die Kinder,
die hier im Sommer sich erfrischt.

Mein Blick erfasst die Berge.
Die Gipfel schimmern weiß.
Lautlos die Nebel kriechen,
über die Felder und die Wiesen.

Die Nacht nimmt kaum ein Ende,
die Tage trostlos geh'n.
Die Freude auf die Weihnacht
bleibt als einziges bestehen.

So geht das Jahr zu Ende,
der Schnee deckt alles zu.
Hell hör' ich die Glocken läuten,
Vor Gott wir uns verbeugen.

Winter

Zugedeckt in weißem Kleide,
leblos mein heimatliches Tal.
Gleich einem Leichentuche,
das alles Lebendige begrabt.

So wandre ich längs des Baches,
vermissend seinen Klang.
Erdrückt von scharfem Eise,
wie ich ihn nie gekannt.

So geh ich meines Weges,
die Kälte im Gesicht,
Den Mantel und die Mütze
fest an den Leib gedrückt.

Die Schritte werden schwerer.
Bis zu den Knien sink ich ein.
Tiefgründige Gedanken
dringen in mich ein.

Ach, wenn sich nur was regte
und sei es nur 'ne Maus.
Die Stille sie durchbräche,
im rascheligen Laub.

Doch rühren tut sich nichts!
Die Landschaft schweigt.
Das schwache Licht der Sonne
dem milchig' Nebel weicht.

Wie schön war's noch im Sommer,
es war vor langer Zeit.
Dass es den Winter gäbe
daran zu denken, war ich nicht bereit.

So seh' ich nur noch Weißes,
den Weg mir niemand zeigt.
Woher, wohin die Frage?
Niemand die Antwort weiß.

Gezählt sind meine Tage,
mein Werk ist fast vollbracht.
Nur wenig ist noch offen,
das meiste schon geschafft.

Doch scheiden will ich nicht.
Will suchen nach dem Licht.
So geh' ich meines Weges weiter,
die Kälte mich begleitet.

Bis ich das Feuer sehe,
den Holzfällern sei Dank.
Sie haben's schon verlassen,
einsam steh ich an seinem Rand.

Die Wärme fühl ich wohlig.
Mein Herz ist nicht mehr bang.
Die Gedanken werden froher,
viel leichter wird mein Gang.

Der Weg ist neu gefunden.
Das Ziel ist fest im Blick.
Es ist das Kirchlein droben,
das mich so sehr entzückt.

Ich trete ein und danke,
die Welt ER gut gemacht.
Die Nebel sind verschwunden,
das Leben neu entfacht.

So lob ich mir den Winter,
Der leis' den Frühling schafft.
Er kehrt im Kreislauf wieder,
so hat Er's immer g'macht.

Brigitte Szabo

Zeichen der Zeit

(Refrain):
Mit Schock Nachrichten,
Fake News,
Provokationen,
Drohungen
„Schmutz“ aufwühlen,
aus dem Gleichgewicht bringen,
polarisieren, spalten;
Aufmerksamkeit, Energie
auf sich lenken,
andere schwächen.

Ein Machtinstrument,
„Eigene“ in Abhängigkeiten zu halten,
„Fremde“ empfindlich herauszufordern,
um dann einen Angriff zu unterstellen,
Gleichstellung zu untergraben,
Kriege herauf zu beschwören.
Rekrutierung der Massen.

(Refrain):
Mit ………… (siehe oben)

Ein Machtinstrument,
um Energien abzuschöpfen und
dadurch in die Angst zu führen,
in die Depression,
in die Sinnlosigkeit;

um vielleicht in aller Größe
irgendwann
„Gnade“ walten zu lassen,
bei Kapitulation.
Ruhig stellen der Massen.

(Refrain):
Mit .... (siehe oben)

Individuelle Selbstermächtigung vieler,
die jeweils dem eigenen Licht folgen
und Lichtvolles verbreiten,
teilen.
Gesunden Energiefluss
nicht über lagern lassen,
neutralisierende „Natur tanken“.
Alte Mächte haben uns noch im Griff.
Verstehen, Verstand
steigt nur reif aus dem Herzen auf.
Wir sind noch nicht im Vertrauen,
es zu wagen,
die eigene Fackel angstfrei
ins Dunkel zu halten.
Gereinigte hochschwingende Energien
als unseren Fundus,
als unseren Beitrag,
erkannt als Zeichen der Zeit,
unbeirrbar in die Welt zu tragen.

Gerhard Trageser

Am Strand

Gierig frisst sich das Nass
in den Sand, klatscht
auf meine Füße
und fließt in Rinnsalen
zwischen den Zehen
eilig zurück in die
schäumend anflutende Brandung.

Ich schaue hinaus,
wo brechende Wellenkämme
als weiße, sich kräuselnde
Striche aufblitzen.

Eine plötzliche Brise
streicht über die Wasserfläche,
lässt sie in Riffeln erschauern,
streichelt meine Haut

und erregt im Windspiel
meiner Seele
eine Woge von Glücksweh,
die weit draußen verebbt,
wo das Meer
zum Horizont hin
immer blauer wird.

Claudia Wieners

Tanz auf dem Fossil

Lasst uns abheben
vom alten Erdboden,
die Luft durchkreuzen
in den Gedärmen
knatternder Aluminiumvögel.

Lasst uns nicht sorgen
für unsere Enkel –

Trunken von Öl
klingt uns im Ohr
Fauns Flöte.
Sirenenschall –
Funken stieben
über brennende Wälder.

Aber lasst uns nicht denken
an unsere Kinder,

lasst uns Mutter Erde
ein Grab schaufeln,
tanzen um den
klaffenden Krater,
bis wir hineinstürzen.

Leben ist heute;
Morgen ist Fake News.

*Okjökull (Tod eines Gletschers)**

Auf den Winter
ist kein Verlass mehr.

Ausgezehrt
von der Hitze des Sommers
lechz ich vergeblich
nach nährendem Schnee:

Südlicher Herbststurm,
peitschender Regen
schmelzen das glitzernde
Fleisch mir vom Leibe.

Spärliche Flocken
stillen nicht meinen Hunger.

Gleißende Sonne
findet im Frühjahr
lebloses Eis,
wo ich einst mich zu Tal wand:

*Dem Okjökull (Ok-gletscher) auf Island wurde 2014 der Status als Gletscher aberkannt, weil er so weit abgeschmolzen war, dass sein Eis nicht mehr talwärts strömt. Seither heißt der zugehörige Berg nur noch Ok.

Mein Körper zerfällt
zu aschgrauem Wasser.
Trübe Bäche,
die langsam versiegen,

und Flechten erobern
mein steiniges Bett.

Treibholz

Das Wasser ist gesunken.

Noch immer schwingt die Wiege
sacht, wenn ich an sie rühre –
so still! Kein helles Jauchzen
entsteigt den kalten Decken.

Du leeres, totes Ding!
Was mussten die wogenden Fluten
just dich auf den Deichhang werfen –
und mich verwaiste Mutter!

Mein Schoß ist leer wie deiner.
Doch mein Herz fließt über
von bitt'rer Klage: Hätt' ich doch!
Oh, hätten wir doch alle –

Wir taten nichts.
Und draußen wuchs die See.

Vertrieben

Vater, du lehrtest mich,
die Fremden zu verachten, die der Strom
zerlumpt an uns're reiche Küste trieb.

Du hast den Preis im Leben nicht bezahlt,
sankst stolz ins Grab aus schwerem Heimatboden,
zerfielst zu Erde, eh das Wasser kam.

Siehst du dein Kind, verhärmt, mit wunden Füßen,
von Tür sich schleppen zu verschloss'ner Tür?
Die Männer seh'n mich an mit deinen Augen.

Die Gassenjungen lachen mein Gelächter,
und wirft man mir ein trocken Brotstück zu,
ist das mehr Milde, als wir je gezeigt.

Ich habe es erlebt

Beatrix Ramona Benmoussa-Strouhal

Das Ende hat immer einen Anfang

Die Reise neigte sich dem Ende zu, und der Abschluss war die Einladung zu einer traditionellen marokkanischen Hochzeit. Den ersten Teil der Zeremonie verbrachte die Braut in einem weißen Brautkleid aus Spitzenstoff. Das schwarze, gewellte Haar reichte weit über ihre Schultern und ihr Haupt schmückte ein filigraner Blumenkranz aus rosa Blüten. Dezent war ihr Antlitz geschminkt. Das Gesicht strahlte Freude aus. Ihre Ohrgehänge, welche jeweils aus einer Perle bestanden, betonten ihre Schönheit. Um ihren Hals war die dazu passende zartrosa Perlenkette zu sehen, wohl das Hochzeitsgeschenk des zukünftigen Ehemannes. In ihren Händen hielt sie einen zarten, rund gebundenen Brautstrauß mit rosa und weißen Rosen, mit zartem Blütenschleier und Gräsern dekoriert.

Der Bräutigam trug ein elegantes Sakko, betont mit einer Fliege. Er sah glücklich aus. Nach der vollzogenen Trauung fing das Fest an, begleitet von Musik. Es fand in einem wundervollen Restaurant, dekoriert mit Kerzen sowie verschiedenen Blüten, statt. Unterschiedliche Gerüche und Düfte durchzogen den Raum. Die marokkanische Hochzeit hatte den Höhepunkt erreicht.

In einem traditionellen eierschalfarbenen Kaftan, mit Silberfäden und kunstvollen Perlen bestickt, die rosa Blüten andeuteten, betrat die Braut den Raum. Ihr Diadem funkelte prachtvoll. Auf dem Brauttisch standen zwei Kerzen. Einige Datteln, Milch, ein Spiegel und der Koran, Rosenblätter, Weihrauch und Gewürze lagen darauf. Es wurde getanzt. Die Anwesenden waren glücklich. Ich stand abseits, betrachtete beeindruckt das Geschehen. Ein Mädchen schaute mich freundlich an und ich erwiderte scheu ihren Blick. Wir kommunizierten mit den Augen und empfanden gegenseitige Sympathie. So wurde aus dem Ende dieser Reise wiederum ein Traum, der nicht zu Ende zu gehen schien.

Jürgen Bennack

Besuch in der „Ostzone" – ein Reisebericht!

Bitte nicht erschrecken, liebe Leser, ich habe nur eine satirische Formulierung von Wolfgang Menge aufgegriffen, der damit die Vorurteile in der alten Bundesrepublik gegenüber Ostdeutschland karikierte.

Aktuell bereiten mir die guten Umfragewerte für rechtsradikale Parteien im Osten Deutschlands Unbehagen. Warum denken viele Menschen dort so? Was ist anders?

Familiär hatten wir für 2024 schon ein Jahr zuvor ein Ferienhaus im nördlichen Thüringen gebucht und uns ein touristisches Programm vorgenommen.

Aber wir wollten auch die politische Einstellung der Menschen ergründen. Immerhin hatte der nordrhein-westfälische CDU-Ministerpräsident kurz vor unserem Urlaubsantritt einen Aufruf gestartet, die neuen Bundesländer zu bereisen und mit den Menschen wegen ihrer vielleicht extremen Haltung ins Gespräch zu kommen. Ob Herr Wüst an eine Art Mission dachte? Wir jedenfalls wollten herausfinden was nach Ansicht der Thüringer so im argen liegt, dass viele sich politisch radikalisieren.

Neulinge waren wir im deutschen Osten nicht; schon zu DDR-Zeiten und auch nach der Wende haben wir diese Länder mehrfach bereist. Gerade wegen dieser früheren Kontakte verwunderte mich die radikalere Stimmung im Osten.

Dem ersten Anschein nach bot sich uns ein sehr positives Bild!

Von der alten DDR-Misere (Verfall) sahen wir nichts mehr.

Städte und Dörfer, ganz besonders im Eichsfeld, waren gepflegt und schmuck! Die landwirtschaftlichen Flächen waren bewirtschaftet, vielerorts wurden an den Straßen Produkte angeboten. Wir erfuhren, die Arbeitslosigkeit in der Region war sehr gering. Ergo:

Für eine negative Stimmung – wie es Umfragen nahelegen – erkannten wir keinen Anlass!

Unsere unpolitischen Eindrücke waren sehr positiv! Von der schönen Natur der Gegend an der Werra kann man nur schwärmen, eine gute Erholung versprechen waldreiche Wandergebiete und zahlreiche Kurorte (z. B. Bad Salzungen mit seinen spektakulären Gradierwerken).

Auch kulturell wurden wir zufriedengestellt! Natürlich die Wartburg, Erfurt, Weimar, das Eichsfeld sowie Bad Frankenhausen, sein schiefer Kirchturm und das Panoramagemälde zum Bauernkrieg.

Kulinarisch bot uns nur das grenznahe Hessen ein akzeptables Angebot .

Aber wir suchten ja besonders den persönlichen Kontakt mit den Menschen! Begegnet sind wir den Vermietern unseres hübschen Ferienhauses, dem Personal in Bäckerei und Supermarkt, den Inhabern einer Metzgerei, eines Hofladens und eines Cafés in einem Zelt direkt an der Werra. Wir sprachen mit Passanten vor unserem Haus und mit Personal bei den Besichtigungen (Erfurt, Wartburg und Bauernkriegs-Panorama).

Niemals sind wir auf unseren Reisen bei Besichtigungen so fürsorglich betreut worden wie im Panorama Museum Bad Frankenhausen. Dort erinnert der Künstler Werner Tübke in den 80er Jahren des 20. Jahrhunderts in einem grandiosen Monumentalbild an die genau dort stattgefundene Schlacht im Bauernkrieg 1525.

Es gab ansonsten ermutigende und entmutigende Begegnungen in Thüringen. Die meisten Menschen, denen wir begegneten, waren freundlich und offen. Auch eigenwillige „Typen“ trafen wir: Einen „Chronisten“ der uns ungefragt und lange über seine persönliche Vita und die Historien des Ortes berichtete – übrigens mit bemerkenswerten Geschichtskenntnissen. Uns begegnete auch ein wunderlicher jüngerer Mensch, der unser kölner Kennzeichen zum Anlass nahm, uns umfangreich seine religiöse Weltsicht darzulegen. Danach spielte sich das Heilsgeschehen mit der Mutter Gottes und Jesus wesentlich an unserem Ferienort in Treffurt ab, wobei er den Eindruck erweckte, selbst Jesus zu sein!

Kehren wir zur Realität zurück:

Als Passanten in Mühlhausen begegneten uns Menschen, die T-Shirts mit Nazi-Parolen trugen. Auch trafen wir im Gradierwerk Bad Salzungen auf sächsische Pensionäre, deren Unzufriedenheit mit der „Nachwendezeit“ unverkennbar war.

Es gab aber auch ein Gespräch mit unseren jüngeren Gastgebern, die sich sehr offen zeigten und — auf unsere Frage nach der radikalen politischen Stimmung hin mitteilten — den Menschen ginge es objektiv gar nicht schlecht, aber sie kämen nach dem Dirigismus in der DDR nicht mit der größeren Selbstverantwortung zurecht. Dazu hätten sie das Gefühl, bei der „Wende“ ungerecht verloren zu haben und aktuell gegenüber „Wessis“ und Migranten zu kurz zu kommen!

Kann man ein Resumee ziehen?

Die gefühlte Befindlichkeit der Menschen hängt wenig von objektiven Sachverhalten ab. Sie ist Stimmungen unterworfen, die durch die Wirklichkeit kaum beeinflussbar sind. Die wirklichen Verhältnisse sind hier zweitrangig! Eine latente Unzufriedenheit ist selbst bei guten Verhältnissen nicht auszulöschen. Leider!

Andrea Hallmann

Die Kinder der Kriegsgeneration, der Schweiger.

Unsere Eltern, 1932 und 1933 geboren, waren selbst noch Kinder und mussten den 2. Weltkrieg erfahren. Mutter, in Schlesien geboren, konnte nicht über ihre Erlebnisse sprechen, zu groß war ihr Trauma. Sie wurde mit ihrer Familie vertrieben, eine Großfamilie, die innerhalb von 20 Minuten ihre Habseligkeiten zusammenpacken musste, um ihr zu Hause zu verlassen. Sie wurden in den Harz gebracht, auf dem Markt aufgestellt und entlaust. Von dort aus wurden sie auf ansässige Familien verteilt.

Gerne wurden sie nicht aufgenommen und viel konnten sie von zu Hause nicht mitnehmen. Ihr zu Hause war Waldenburg. Meine Mutter ist in ihrem Leben nie mehr dorthin zurückgekehrt. Das hat sie nicht über ihr Herz gebracht. Vater ist nach ihrem Tod in ihre Heimat gefahren und hat dort Erde und einen Stein mitgebracht, um ihn auf ihr Grab zu legen.

Auf Nachfragen an Mutter was sie erlebte, gab es nur eine Antwort: „Ich werde die Schreie der Frauen nicht vergessen." Mehr konnte und wollte sie nicht mitteilen.

Mein Vater ging mit 16 Jahren in den Westen. Immer wieder erzählte er von seiner Flucht aus dem Thüringer Wald nach Westdeutschland. Beim ersten Versuch wurde er erwischt und wieder zurückgeschickt. Er hatte nicht viel dabei, ein paar Glühbirnen aus der Heimat zum Eintauschen und 50 Mark. Übernachtet hat er in einer Kneipe auf dem Tisch. Im Westen angekommen, arbeitete er auf einem Bauernhof in der Nähe von Düsseldorf. Einige Jahre später lernte er unsere Mutter kennen. Aus dieser Ehe stammen drei Kinder. Den Kontakt in den Osten hat er nie verloren. Sein Vater, seine Stiefmutter und seine zwei Schwestern blieben im Thüringer Wald. Seine leibliche Mutter hat er im Alter von 6 Jahren unter tragischen Umständen verloren. Er selbst entging nur knapp einer Zwangssterilisation. Über diese Zeit seines Lebens konnte er nicht viel sprechen, sein Trauma hinderte ihn daran. Sofern er über dieses Thema sprach, begann er zu weinen. Es wurde über diese Zeit viel geschwiegen und verschwiegen. Die Geschwister sahen sich nur an und bemerkten: „Du weißt ja, was ich meine“. Je mehr sie schwiegen, umso mehr wollte ich wissen. Es kann heute keiner verstehen, der nicht im Osten unterwegs war und es erlebt hat. Als Kinder haben wir uns gewundert, wenn wir die Familie im Thüringer Wald besuchten. Alle sahen uns an und beobachteten uns.

Vater galt als republikflüchtig, musste sich bei jedem Besuch im Ort an- und abmelden. Gesprochen wurde zu Hause leise und immer vorsichtig: „Der Feind hört mit.“

Wir liebten unsere Familienzusammenkünfte. Es wurde viel geweint bei der Ankunft und noch mehr beim Abschied. Immer mit der Angst verbunden, wer weiß wann wir uns wiedersehen. Vater liebte seine Heimat, den Thüringer Wald, und hat uns diese Liebe mitgegeben. Wir verbrachten schöne Stunden in der Natur, die wir als Stadtkinder im Ruhrgebiet nicht hatten. Wir lernten die Unterschiede des Lebens zwischen Ost und West kennen und den Zusammenhalt vor Ort. Die Reise mit dem Zug war sehr lang. An der Grenze zum Osten war Totenstille. Der Zug blieb stehen und vor dem Zug standen Soldaten mit Maschinengewehren. Die Tür zum Abteil wurde aufgerissen, dann begann die Kontrolle. Papiere und Fragen nach dem Inhalt der Koffer. Die Zeitungen aus dem Westen wurden eingesammelt, etwas was wir als Kinder nicht verstanden und was uns auch verärgerte. Kein Mensch traute sich etwas zu sagen. Mutter warnte uns vorher und verdonnerte uns zum Schweigen. In diesen Momenten hatte sich keiner getraut auch nur einen Mucks von sich zu geben.

Dann wurde die Tür geschlossen und weiter ging die Reise. Mutter atmete tief durch, wenn wir auf der Rückreise die Grenze hinter uns ließen. Sie hatte große Angst davor, dass sie unseren Vater einsperren.

Wer sich heute fragt, wie war das früher möglich und warum hat keiner den Mund aufgemacht, der hat einfach keine Ahnung. Menschen, die aufmuckten oder sich nicht an das System hielten, waren auf einmal verschwunden.

All diese Familiengeschichten und Erlebnisse haben unsere Generation beeinflusst. Mittlerweile gibt es Wissenschaftlicher, die sich mit dem transgenerationalen Erbe auseinandersetzen. Wir können unsere Geschichten nur weitergeben, in der Hoffnung, dass uns weitere furchtbare Erlebnisse erspart bleiben.

In diesem Sinne, gegen das Vergessen!

Beatrix Jacob

Jahre voller Sehnsucht und Hoffnung

Als Kinder zeigten uns unsere Eltern das Schloss Cecilienhof, wo nach dem 2. Weltkrieg über das meist auch tragische Schicksal vieler Deutscher von den Siegermächten USA, Sowjetunion, Großbritannien und Frankreich bei der geopolitischen Aufteilung entschieden wurde. So wurden viele Deutsche aus ihren Heimatgebieten vertrieben. Die Reparationslasten an die UDSSR wurden von der DDR getragen, was 1953 zum Volksaufstand führte. Bis dahin konnten Familien noch unter strenger Ausweiskontrolle der westlichen Verwaltungsgebiete Frankreichs und Englands ihre Familienangehörigen in der Westzone besuchen. Daher konnte ich noch in Bremke getauft werden. Aber nach dem unerwarteten Mauerbau war mir ein Wiedersehen vor der Wende mit dem Taufort verwehrt.

So wurde im August 1961 der eiserne Vorhang errichtet, damit die Bevölkerung nicht abwanderte. Man ließ Müttern noch die Alternative, in den Westen zu Familienangehörigen auszureisen, aber die Kinder blieben als Staatseigentum hier. Unsere Mutter Ingeborg ließ trotz großer Opfer uns Kinder und ihren Mann nicht im Stich, obwohl die DDR immer diktatorischere Züge annahm. Sie sah viele Jahre ihre Eltern nicht wieder. Jedes Telefonat musste angemeldet und genehmigt werden. Da unser Opa erst nach seiner Flucht in den Westen seine Rehabilitierung von der russischen Kommandantur bekam, war es unseren Großeltern später möglich, nicht allzu oft die Familie zeitlich begrenzt zu besuchen. Erst meist am Bahnhof abgeholt und später mit Verwandten über den Transitverkehr besuchten sie uns. Jeder Besuch musste mit allen Daten für die Behörden in das Hausbuch eingetragen und genehmigt werden. Als die Eltern unserer Mutter sehr krank wurden und sie noch nicht Rentnerin war, ist es Freunden zu verdanken gewesen, die ihr die

Gesundheitsatteste besorgten, wo sie kurz ihre Eltern, die sehnsüchtig warteten, wiedersehen durfte. Wir blieben als Faustpfand hier. Als ihr Vater Johnnes Friedrich Eichenberg starb, erreichte uns nur ein gefühlloser Anruf der Staatsbeamten und sie musste wieder betteln, ein Visum zu bekommen. Sie durfte nur alleine bei der Trauerfeier Abschied von ihm nehmen. Später wurde er hier beigesetzt. Später wollte sie ihre pflegebedürftige Mutter Klara Eichenberg, geborene Gernadt, zu sich nehmen, die von Verwandten gebracht wurde. Mutter bettelte verzweifelt bei Behörden um die Verlängerung der Aufenthaltsgenehmigung, vergeblich. Oma musste als BRD Bürger wieder ausreisen und kam in ein katholisches Pflegeheim. Mutters letzter genehmigter Besuch dort war bitter und es wurde das Lied „Muss i denn, muss i denn zum Städele hinaus“ gesungen. Auch sie wurde bei uns später beigesetzt. Dieses Leid, diese Trauer motivierten unsere Mutter, sich später für die noch am Glauben orientierte EKD Friedensbewegung „Schwerter zu Pflugscharen“, die sich am biblischen Propheten Micha orientierte, zu engagieren. Hier ging es um den geopolitischen Entspannungsprozess und atomare Abrüstung der Weltmächte.

Dies war dem Staat ein Dorn im Auge, Gott mehr zu vertrauen als der Regierung. Bärbel Bohley besuchte mit vielen vom Neuen Forum die Kirchen, die sehr voll waren, weil der Frust auf die Regierung enorm war. Wäre die Wende nicht gekommen, wäre auch unsere Mutter Ingeborg nebst Frau Franz für ein Internierungslager vorgesehen. Die Listen sind leider verschwunden. Während die SED Regierung in den Betrieben Kampfgruppen und die NVA mobilisierte, hat Gorbatschow klar nein zu einer Unterstützung der Niederschlagung der Demonstrationen gesagt. In dieser irren Zeit entstanden viele Bürgerrechtsbewegungen und als die Regierenden sahen, die DDR geht dem Ende zu, gründeten sie auch Bürgerrechtsbewegungen mit ganz anderen Zielen. Für die erste Zeit nach dem Mauerfall musste man beim Ordnungsamt für Reisen in die BRD ein Visum beantragen. Helmut Kohl und Hans Dietrich Genscher sahen das enge Zeitfenster und besiegelten mit Gorbatschow den Anfang geopolitischer Entspannung mit US-Außenminister Baker. Wir waren sehr besorgt darüber, als die Familie Gorbatschow von der Bildfläche verschwand. Das Vertrauen in ihn, den kalten Krieg zu überwinden, war so hoch, dass man selbst in Italien an Mauern lesen konnte „Gorbi hilf". Als ich später dann mit der Mutter die erste Reise nach London antrat, war unser schönster Moment bei Madame Tussauds vor der Figur Gorbatschows, zu sehen neben Thatcher, wo die Zeitung titelte „I am back". Da wussten wir, es wird erst einmal alles gut. Aber nichts ist von Dauer.

Gerda Jaekel

Kinderverschickung 1948
Sogenannte Kindererholungsstätte in Bad Orb

Gebäudekomplex: Schuhkeller, Esssaal, Schlafräume, Waschräume, Toilettenanlagen. Obere Etage: Galerien, Abstellkammer, Personalräume. Außenbereich: Badebaracken, Gartengelände, Geräteschuppen. Kellerräume: Tiefgarage, Schuhkeller, Abstellkammer. Gegebenheiten: Aufsichtspersonal, weltliche Schwestern, die Kindergruppe aus NRW. Ziel der Unterbringung: Heranwachsende mit belastender Prägung – hier Industriezonen – eine bestmögliche körperliche Entwicklung zu ermöglichen bzw. Unterentwicklungen abzuwenden.

Der Therapieplan im Kinderkurheim besteht aus kulturellen gemeinsamen Theaterspielen. Beliebt: Auf unseren Wiesen gehet was, watet durch die Sümpfe, hat ein schwarzes Röckchen an, hat ganz weiße Strümpfe, oder rote Strümpfe? Wer kann es erraten? Gemeinsames Singen, Spiele im Freien, hockende Kindergruppe auf feuchtem Rasen. Beliebte Reime dazu: Häschen in der Grube, saß und schlief, saß und schlief, armes Häschen bist du krank, dass du nicht mehr hüpfen kannst, Häschen hüpf, Häschen hüpf. Spaziergänge in naher Umgebung. Essenszeiten im sterilen Esssaal, wobei darauf geachtet wurde Vorgesetzte Mahlzeit ganz aufzuessen. Androhung bei Verweigerung der Mahlzeit. Nur reden, wenn erlaubt. „Notdurf" nach strenger Zeitvorgabe. Briefe aus der Heimat – nach Durchsicht der Betreuer – ausgeteilt. Pakete von Daheim ebenfalls geöffnet, kleine liebevolle Beigaben entwendet. Heimwehkinder gegängelt. Zahnbürsten, Seifen, Waschlappen entwendet. Kinder, die Missstände beklagten, in den Schrank eingesperrt. Unterlassene Badeaufsicht, Haarausfall des unbeaufsichtigten Kindes. Bettnässen mit Aussperrung auf dem Balkon bestraft. Lügen der

Schwesterperson – hier Tante Christel genannt – von den Kindern aus NRW aufgedeckt. Beschwerdebriefe an Daheim von der Heimleitung dagegen vorgenommen. Mit Strafe, alle Schuhe vom Heim im Schuhkeller zu putzen, angeordnet. Schwestern lügen nie, soll man sich merken.

Katinka Juhl

*Alltägliche Erinnerungen**

Heute mit dreiundachtzig Jahren ist alles so, als wäre es gestern geschehen. Um endlich zu verstehen, schreibe ich an meine Kinder, Freunde, Bekannte, Nachbarn und Menschen, welche Lust haben, meine Geschichte zu lesen.

Ich war drei Jahre alt, ich holte am Morgen meine Tasse Ziegenmilch aus dem kleinen grünen Schrank unter dem Spülbecken in der großen Küche und fragte: „Wo ist Mama?"

Gestern Abend hatte Mama mich noch mit einem Kuss zu Bett gebracht und gesagt: „Morgen fahren wir nach Köln."

Jetzt war sie ohne mich abgefahren und ließ mich alleine bei diesen fremden Menschen auf dem Bauernhof zurück.

Drei Frauen, ein Mann, Schweine, Ziegen, Hühner, Gänse.

Eine von den Frauen nannte sich Tante Änne, eine Tante Ronika, die andere – die jüngste – Tante Maria.

Der Mann – Onkel Johann –, welcher der Liebenswerteste von allen war, hatte nichts zu sagen.

Onkel Johann ging jeden Morgen fünf Kilometer zu Fuß zur Zuckerfabrik und am Abend wiederum fünf Kilometer zurück und brachte mir einen Kreisel, bunt bemalt aus Blech, zum Spielen mit.

Dann setzte er sich an den Küchentisch, aß eine Stippsuppe (altes Brot mit Kaffee), ging anschließend in den Stall und fütterte die Tiere; er versorgte sie mit frischer Streu, sagte dann Gute Nacht und ging in seine Stube zum Schlafen.

Seine Frau war sehr früh verstorben und sein einziger Sohn gleich zu Anfang des Krieges gefallen. Er sagte sehr wenig, denn die Frauen führten das Regiment – seine Schwester Ronika mit Tochter Änne. Letztere war Weißnäherin. Ihre Nähmaschine ratterte oft bis in die Nacht, und dann verließ sie häufig das Haus.

Ich schlief mal mit im Bett von Tante Ronika, mal im Bett von Tante Änne.

Abends vor dem Schlafengehen musste ich beten: „Ich bin so klein, mein Herz ist rein."

Draußen blies der Ostwind, ich hatte Angst, und Mama kam nicht, sie war ja nicht da. Das Zimmer war ganz dunkel, die Kissen und Plumeaus waren zwar dick und weich, aber ich war alleine und fürchtete mich. Ich war ein Kind von dreieinhalb Jahren. Es war Nikolausabend.

Nikolaus kam mit Knecht Ruprecht und einem großen Sack:

„Ich habe gehört, du isst nicht immer, was auf den Tisch kommt! Du machst oft noch in die Hose und willst nicht hören, dann muss Ruprecht dich in den Sack stecken. Aber wenn du versprichst, von heute an immer brav zu sein, kommst du nicht in den Sack, nur es gibt für dich keine Äpfel und keine Süßigkeiten."

Danach ging ich zu Bett, betete wie immer, und nachdem mir Gute Nacht gesagt worden war, kletterte Knecht Ruprecht mit Kuhketten durch das Fenster vor mein Bett.

„Bist du auch immer artig?", waren seine an mich gerichteten Worte.

Es war stockdunkel im Zimmer, nur seine rote Nase leuchtete. Ich rief, ich schrie, aber niemand hörte mich, und niemand kam.

Diese Angst saß jahreslang in mir fest. Heute weiß ich, dass es eine der Tanten war.

Ein ganzes Leben trommelt der Hagel auf mich herunter. Immer wieder etwas Neues und von einem Ende ist nicht abzusehen.

Aber es gibt auch sonnige Tage und diese erfüllen mich mit Glück und Heiterkeit!

---

* Auszug aus dem Buch „Alltägliche Erinnerungen"

Gisela Mozer

Der Schockanruf

Telefon klingelt, den Hörer nehm' ab,
weinende Stimme, Freude gekappt.
Den Hilferuf wahrnehmen kann,
eine Frauenstimme, kein Mann.
Die Verzweiflung hoch einstuf',
wo kommt er her, der Hilferuf?
„Mama", verzerrt hören kann,
meine Nerven höher fahren.
Tiefste Verzweiflung stark spür'
aus schluchzendem Sprachgewirr.
Geschockter Atem, große Not,
denk': ‚Hoffentlich ist keiner tot.'
Was ist passiert, was ist los?
Verunsicherung bei mir groß.
Sprachlos und geschockt,
mein Handeln geblockt,
verzweifelte Worte höre,
nichts frage, Sprachsperre?
Plötzlich ... still ... still ... still ...
oh mein Gott, ich helfen will ...
auch der Moment, fürchterlich,
eine Frauenstimme bringt Sicht:

Hier spricht die Polizei, Frau Heuer,
mit der verhandeln geworden teuer!
Sie fragt: ob das meine Tochter sei?
Nicht sage, ich habe Töchter zwei!
Frage: was sagt sie, wer sie sei?
Die Kriminelle ganz cool,
kriminell ihr Sprachpool!
Deshalb rufen wir Sie an,
im Datenausgleich es zu erfahren.
Der Moment mein Denken sprengt,
ersten Schockanruf zu mir lenkt.
Vergangen Monate, kein Jahr.
Schrei geschockt: gleiche Scheiße,
hänge ein, es dreht mich im Kreise.
Energie gekappt, Schock geklappt.
Rief sofort meine Töchter an,
Gott sei Dank, beide schnell dran.
Vom Verstand war alles klar,
doch der Schock noch lange da.

Kurt Strobl

Amstel

Man sollte in einem Urlaubshotel nie zu früh aufstehen. Man sitzt dann da nur sinnlos herum. Alle anderen Gäste schlafen noch. Das Personal ist mit Vorbereitungsarbeiten für den neuen Tag beschäftigt und man ist dabei oft im Wege. Man ist hungrig, hat ja die ganze Nacht über nichts gegessen. Doch bis zum Frühstück dauert es noch. Und so richtig ausgeschlafen ist man auch nicht.

Daheim würde man jetzt einfach zum Kühlschrank gehen, Butter, Käse und Wurst herausnehmen. Brot mit dem Messer abschneiden, denn die Maschine ist zu laut und würde die Frau aufwecken, die dann wahrscheinlich den ganzen Tag über grantig wäre, weil nicht ausgeschlafen.

So sitze ich denn einsam auf der Hotelterrasse, ein Glas schales Mineralwasser, das von gestern Abend noch in der Flasche war, in der Hand und trinke es in kleinen Schlucken. Vor mir der Pool, aber es ist noch zu kalt zum Schwimmen, ein Haufen schwarzer Steine, ein blauer Zaun und weiter, da sollte das Meer zu sehen sein, aber jetzt ist da nur grauer Dunst. Als ich das Glas wieder einmal zum Mund hebe, bemerke ich, dass da ein Markenzeichen aufgedruckt ist. Amstel steht da in schwarzen, hellgelb umrandeten Buchstaben. So einfach nur „Amstel“. Darüber ist ein Wappen mit zwei goldenen Gerstenähren und zwei Löwen, darunter in rot und nur skizziert zwei bockerl- oder traubenartige Gebilde. Könnten auch Hopfenblüten sein, überlege ich. Gerste und Hopfen, Brauerei, Bier. Aber „Amstel“?

Klatschend schlage ich mir mit der freien Hand auf die Stirn. Amstel! Bist alt geworden, Freund. Bist vergesslich geworden, will nicht gerade sagen senil. „Amstel“, das war doch die Biermarke damals 1970 in Äthiopien. Gab es nur in Literflaschen. War mir egal, ich mag kein Bier. Und da war dann die Sache mit dem Sergeant von der Polizei. Hätte bös, bös für mich ausgehen können, damals. Ja, hätte schlecht ausgehen können! Und alles nur wegen dem Bier. Dem Bier, das ich nicht mag.

Das war bei dem Fest, das wir damals in dem einzigen Gasthaus von Debarek veranstalteten. Debarek, bitte sucht nicht nach diesem Ort. Ihr werdet ihn kaum auf einer Landkarte finden. Debarek, das ist eine Kleinstadt oder vielleicht auch nur ein größeres Dorf so etwa 900 Kilometer nördlich von Addis Abeba und ist ein guter Ausgangspunkt, wenn man ins Semien-Gebirge will. Und wir saßen da am Abend unseres Ankunftstages und feierten, denn am nächsten Tag würde es mit einer Maultierkarawane weitergehen, hinauf zu den Viertausendern des Hochsemien.

Der Herzog, der Dschasmatsch wie man dort sagte, bei uns würde man sagen, der Bezirkshauptmann, war mit seiner Leibgarde gekommen, die sofort Türen und Fenster besetzten. Die Honoratioren des Ortes waren gekommen und somit hatte die Feier offiziellen Charakter. Rechts neben mir saß ein alter, würdiger Mann mit Turban. Das war Atastaki, der Waffenmeister des Herzogs, der dann auch als Ehrenbegleiteter ein Stück mit uns ziehen sollte. Links saß Daniel oder so ähnlich, der Obmann der Multitreiber und mir gegenüber, da saß der Sergeant der Polizei. Das war ein noch ziemlich junger Mann in korrekter Uniform mit blitzenden Messingknöpfen, Pistole und Knüppel am Gürtel. In einer großen eisernen Schüssel wurde Ziegenbraten aufgetragen. Zäh wie Leder. Ich nahm ein Stück, es schien mir aber nicht sehr appetitlich, nur zurücklegen in die Schüssel konnte ich es nicht. „Ut tatu (etwa wohl bekommst)“, sagte ich mit einer Verbeugung und überreichte das Fleisch dem Sergeant, der sich darüber hoch geehrt fühlte. Man muss eben die Bräuche eines Volkes kennen, wenn man es besucht.

Der Dschasmatsch hatte uns zu Ehren Tetsch mitgebracht. Vier Flaschen nur, zu meinem Glück. Tetsch, das ist ein Gebräu aus Honig und stark wie hochprozentiger Schnaps. Getrunken wurde es aus kleinen Weingläsern. „Ut tatu, Atastaki“, sagte ich, als ich das erste bekam und Atastaki trank es aus. Das zweite, Gott sei Dank gab es nicht mehr, trank Daniel und ich, der ja Alkohol nur zum Einreiben verwendet, war gerettet.

Plötzlich wurde Bier ausgeteilt. Der Dschasmatsch wollte Bier trinken. Ich mag aber keines. Cassa, unser Dolmetsch der auch als Kellner aushalf, kam vorbei. „Give me a Fanta", bat ich. Doch als ich die Flasche an den Mund setzte, da sprang der Sergeant da mir gegenüber wutentbrannt auf, riss seine Pistole aus dem Halfter und richtete sie auf mich. Atastaki schob mich etwas unsanft zur Seite. Irgendjemand riss dem Sergeant die Pistole aus der Hand. Es war wie in einem zu schnell ablaufenden Film: Alle am Tisch waren aufgesprungen, waren aufgeregt, gestikulierten. Nur ich war scheinbar der einzige, der verständnislos von einem zu anderen schaute und nicht begriff was da los war.

Es war ein fürchterliches Sakrileg, das ich da begangen hatte. Der Dschasmatsch wollte Bier trinken und ich trank Fanta. Das war eine arge Beleidigung für den hohen Herrn. Das musste gerächt werden und zwar sofort! Und der Sergeant der Polizei fühlte sich dazu ganz besonders berufen.

Die Aufregung legte sich. Herr Atastaki nahm mich beim Arm, führte mich um den Tisch herum zu den nun wieder sitzenden Sergeant, der musste aufstehen und mir die Hand geben. Wir umarmten uns. Er führte mich zur Theke, bestellte zwei Flaschen Bier und Zigaretten „Niyalas kingsice", extra lang, ein fürchterliches Kraut und ich musste mit ihm rauchen und Bier trinken, denn wir waren ja nun Freunde. Am nächsten Tag war mir speiübel.

Hatte ich doch scheinbar ganz vergessen, diese Sache von damals, oder vielleicht nur in das tiefste Fach meiner Erinnerungen abgeschoben. Ist schließlich auch schon mehr als 54 Jahre her! Und dann sehe ich da zufällig diese Finnenmarke auf dem Glas und alles steigt sozusagen aus der Tiefe auf. Ist plötzlich da, als ob es erst gestern gewesen wäre. Eine schwarze Schrift mit hellgelben Konturen, einem Wappen mit zwei Löwen, darüber zwei goldene Gerstenähren und darunter stilisierte Hopfenblüten: Amstel Bier.

Astrid Türke

Mensch Sein

Geboren im Feuer eines Weltinfernos – die Welt – anno 1942!

Als wieder die Trümmer in den Städten und Dörfern verschwanden, evolvierten die Übriggebliebenen erneut. Sie wurden wieder Menschen.

Nun kam es darauf an, wo wieder der Mensch auferstand! Was fand er vor? Als Kind! Als Jugendlicher! Als reifes Individuum? Viel Gutes – aber auch falsches! Was war nun gut, was nicht richtig? Der Mensch stand wieder einmal vor einer Entscheidung, wie so oft in der Geschichte der Welt. Immer und Immer wieder.

In der Urzeit entschied er sich gegen Hunger und jagte Mammuts, Höhlenbären usw. Er sammelte Pilze, Pflanzen und entdeckte das Feuer.

In der Sklaverei hatten die Sklaven wenig zu entscheiden. Sie waren unfrei.

In der Feudalherrschaft hatten Kaiser, Könige, Fürsten und Päpste das Sagen. Für Bauern und Handwerker blieben nur die Brosamen eines kargen Daseins. Entscheidungen trafen ins Leere.

Aufstände versagten. Immer und immer wieder. Aber letzten Endes blieben sie Immer noch Menschen. Obwohl andere Menschen sie verhungern ließen, in Lumpen gehüllt und hinter Stacheldraht oder Mauern versteckten – sie blieben aufrechte Menschen.

Sie hatten allerdings keine Stimme. Man hörte sie einfach nicht! Auch die Wehrhaften nicht. Es schien, als blieben sie ungehört.

Aus den Steinen sprossen jedoch Blumen. Auf den Feldern, in denen der Rost der Kämpfe verrottete, wuchs das Korn. Es gab wieder Brot, Bier und Kuchen. Eine schöne Zeit brach an. Zufriedenheit war der neue Mensch. Arbeiter schwangen in den Werken Hämmer.

Die Grundlage dafür, dass auf den Feldern immer mehr Brot wuchs. Der Mensch blieb Mensch – in diesem Idyll des Friedens.

Aber er hat nicht aufgepasst! Der Mahnruf aus dem Jahre 1943 des tschechischen Menschen Fucik „Menschen seit wachsam" – Reportage unterm Strang geschrieben – verhallte! Die Töne verschwanden wie die physikalischen Luftschwingungen des Schalls! Andere Menschen durchbrachen mit ihren Jets die Schallmauer und dieser Ton erinnerte wieder an Bomben und Geschützfeuer.

Ich werde in diesem Jahr 82 und lebe als Mensch! Und ich klage die an, die heute Menschen in ihren friedlich erbauten Häusern ihre Existenz stehlen und Zerstörung, Verderben, Tod und Pest heraufbeschwören! Sie, die Unbelehrbaren, die nur ihre Sterne auf den kriegslüsternen Uniformen schön finden und die wahren Sterne im All negieren, sollten wissen, dass Silvesterraketen und bunter Sternenregen nur als Symbol am Ende und Anfang des Jahres stehen. Aber das wir einfachen, ehrlichen und friedlichen Menschen auch richtige Raketen besitzen und wehrhaft sein können! Aber sie sollten nie gezündet werden, weil wir in dieser unmenschlichen Zeit Mensch bleiben wollen! Für immer!

Sura Zaler

*Wilde Zeiten**

Wie alle jungen Menschen musste ich den Aufstand proben, insbesondere da ich orthodoxer erzogen wurde. Nicht, dass ich in langärmligen dunklen Kleidern rumlaufen musste oder betend den ganzen Tag über traditionelle Rituale einhalten musste; nein – ich war ein Gemisch aus Moderne und Orthodoxie, was man gemeinhin heute meist als modern-orthodox bezeichnet, allerdings in der ganz besonderen, unserer Familie eigenen Art.

Diese bestand darin, dass ich modern gekleidet war, mich auch selbstbewusst, sogar als Mädchen besonders, mehr als andere, bewegen konnte. Der Sabbath wurde nicht rituell begangen, zwar angesprochen, aber meist wie ein normaler Freitagabend gehandhabt, meine Mutter rauchte sogar am Sabbath, aber ... andererseits lief sie sogar auf Hackenschuhen eineinhalb Stunden zu Fuß zur Synagoge (da fahren nicht erlaubt ist) zu den Feiertagen und es wurden Rituale gepflegt, die die meisten Gläubigen in der Welt außerhalb der sehr Religiösen kaum oder gar nicht mehr kennen. So wurde „Kippure geschlagen" (jiddisch), meine Großmutter kaufte dazu ein lebendiges Huhn und ließ es mehrmals, dreimal wohl, über meinem Kopf kreisen, indem sie das arme Tier an den Füßen hielt, während dieses schrie, und sprach die hebräischen Gebete und Segenssprüche über mir vor dem Versöhnungsfest Jom Kippur. Obwohl ein sehr alter, orthodoxer Brauch, trug sie andererseits keinen „Scheitl" (jiddisch für die Perücke der orthodoxen Frauen nach der Heirat), sie wollte ihr schönes Haar nicht ruinieren. Zu Pessah wurde die gesamte Küche ausgeräumt und mit dem pessahlichen Geschirr incl. aller dazugehörigen Instrumente, technischen Hilfsmittel, Töpfen, Pfannen und allem, was man in der Küche so benutzt und braucht, eingeräumt. Es wurde streng darauf geachtet, dass nur „Matze" gegessen wurde und alle anderen pessahlich erlaubten und zertifizierten Getränke und Speisen, soweit es sie damals schon in Europa, speziell in Deutschland, zu kaufen gab. Auch wurde spezielles Essen zubereitet und ich war von klein auf daran gewöhnt und bin es bis heute, wiewohl es heute weitaus mehr Ess- und Trinkwaren „koscher le Pessah" zu kaufen gibt als früher. Ich halte die Tradition bis heute ein. Am Ende von Pessah, nach 8 Tagen, standen meine Mutter und Großmutter wieder einen ganzen Tag, manchmal auch zwei, in der Küche und räumten das feierliche Geschirr, Besteck, Töpfe, Pfannen, Utensilien etc. wieder weg bis zum nächsten Jahr. In den letzten Jahren habe ich die „short version" gemacht, ich koschere einige Tassen, Teller, Besteck, Töpfe und Pfannen etc. für die Feiertage, räume aber nicht die gesamte Küche aus, obwohl ich die komplette feierliche Küchenausstattung von meiner Familie inzwischen besitze. Die letzten Jahre ihres Lebens klagte meine Mutter über die Anstrengung dieser Küchenräumaktion, aber sie machte sie, denn sie konnte nicht anders.

Auf der anderen Seite aß sie liebend gerne Kochschinken und da ich seit meiner Kindheit Vegetarierin bin, wusste ich lange Zeit nicht, was Kochschinken ist. Natürlich war mir klar, dass es etwas Fleischiges ist, so wie meine Mutter, wenn auch wenig, durchaus Fleisch, Hühnchen oder ähnliches aß, so wie mein Vater auch. Aber was für Fleisch das war, wovon und was genau, davon hatte ich keine Ahnung.

Wir hatten eine koschere Küche. Fleischiges war von Milchigem getrennt, es durfte auch nicht nacheinander gegessen werden, ein Butterbrot mit Wurst darauf war für uns, wenn wir es sahen, ein Gräuel. Bis heute schüttele ich mich noch und bekomme ein ekliges Gefühl, so sehr ist es drin, fast schon genetisch. Der Kühlschrank war entsprechend eingeräumt, alles getrennt, wenn nicht sogar extra.

Bis heute habe ich diese Trennung und obwohl Vegetarierin und damit fast natürlicherweise komplett koscher, habe ich nicht nur eine Trennung vom Fleischigen meiner Katzen und meiner Sachen, nein, ich treibe es sogar soweit, dass die Schwämme usw. zum Abwaschen für das Fleischige und das Milchige bzw. Vegetarische verschiedene sind. Die Katzen haben ihr eigenes Besteck nebst Näpfen, Töpfen, Tellern und ich achte pingelig darauf, dass der Besuch nicht die falschen Utensilien nimmt, sonst muss ich alles wieder neu koschern.

Und so fand ich eines Tages, ich war schon in den 20-zigern oder Beginn der 30-ziger, heraus, dass, zu meiner großen Überraschung, Kochschinken vom Schwein ist. Ich konnte es nicht glauben und überfiel meine Mutter bei einem meiner nächsten Besuche bei ihr mit der neuen Nachricht, ob sie wüsste, wovon Kochschinken sei, das sei ja Schwein. Meine Mutter zog – kindlich überrascht – die Augenbrauen hoch, mit dargestellt völlig überraschter Mimik und sagte nur „Sooo?“. Mir war in dem Moment sofort klar, dass meine Mutter das sehr wohl wusste und nur die kindlich Überraschte spielte und während ich, neunmalklug, meiner Mutter einen Vortrag, überheblich zugegebenermaßen, über die Tradition, die Verbote etc. hielt und mich jetzt zur Aufpasserin der Einhaltung der Tradition gerierte, sagte meine Mutter nur noch kleinlaut „aber es schmeckt doch so gut“. Fortan, wenn ich bei ihr zu Hause war, aß sie keinen Kochschinken mehr – zumindest vor mir, ich erwischte sie aber einmal in der Küche auf einem Hocker sitzend und schnell Kochschinken verspeisend, bevor sie wieder ins Zimmer gehen wollte um mit mir, der neuen Aufpasserin über die Tradition, normal, also gepflegt, koscher zu essen.

Später wurde mir auch eine Geschichte klar, die sie mir mehrmals aus ihrer Kindheit erzählt hatte, dass sie, wenn sie mit unserer „Shabbesschickse“ (jiddisch für eine nichtjüdische Hausangestellte – und nicht wie heute in der deutschen Sprache negativ gemeint „Schickse“) in die Stadt ging und sie als Kind mit 9 oder 10 begleiten durfte, z. B. in die Kirche (Oma Anna war streng religiös katholisch), von Oma Anna heimlich eine Scheibe ungarischer

Salami bekam, die meine Mutter auch sehr gerne mochte. Auch hier war mir jahre- und jahrzehntelang nicht klar, dass es sich wohl um Eselsfleisch handelt, – soweit ich informiert bin – und dass das auch äußerst unkoscher ist. Ich kenne mich bis heute mit Fleisch von Lebewesen nicht aus und betreibe keinen Speziesismus, für mich sind alle Lebewesen gleich, zu Wasser, zu Land. in den Lüften, keine Überlegenheit des Menschen und es ist mir von meinem inneren Glauben her streng verboten und für mich ganz abscheulich, Lebendiges zu essen, ein Gesicht des Göttlichen zu töten, um es schlicht und einfach aus perversen Gelüsten heraus zu essen. Dann könnten Menschen auch Menschen essen, da ist kein Unterschied. Die Natur gibt genug und wenn ich Früchte oder ähnliches esse, zerstöre ich nicht das Lebewesen, es wächst weiter und gedeiht, ich nehme nur die Früchte, die es sowieso gibt.

Ich bin in einem merkwürdigen Spannungsverhältnis zwischen Orthodoxie und Moderne aufgewachsen. Auf der einen Seite streng orthodox, auf der anderen Seite sehr liberal, zumindest was das Verhalten und weitgehendst tägliche Leben anbetrifft.

Was die geistige Seite anbetrifft, bin ich in einem streng chassidischen Denken aufgewachsen und zwar dem, wie ich es nenne, echten und nicht dem aufgesetzten, der sich an äußere Formen und Pflichten, Gebote und Verbote, nach außen getragener Religiosität hält; sondern der innere, das Verstehen der göttlichen Regeln, Gesetze und Empfinden. Obwohl ich inzwischen auch die andere Position verstehen kann. Eine Rabbinerehefrau (Rebbezin) einer ultraorthodoxen Gruppierung, bei der ich in Mea Shearim (streng orthodoxes Viertel in Jerusalem) mehrfach zu Gast war, sagte mir einmal: warum nicht auch nach außen zeigen, wofür man innerlich steht? Ich kann sie verstehen, es ist aber – vielleicht noch nicht? – mein Weg.

Also um zu verdeutlichen, welchen Unterschied ich meine: Eine meiner Lieblingsgeschichten, wenn nicht sogar d i e chassidische Lehrgeschichte (ähnlich den Koans im Zen), ist:

Ein Rabbiner kommt vom Sabbathgottesdienst mit seinen Schülern nach Hause, sie sitzen am festlich geschmückten Tisch mit allem was dazugehört und der Rabbiner spricht ein Gebet. Mittendrin fängt er an zu lachen und die Schüler wundern sich, aber keiner getraut sich zu fragen. Nur – wie bei solchen Geschichten üblich – der jüngste Schüler, der noch nicht so lange dabei ist, also der, der noch naiv genug ist, die Dinge einfach so zu sagen und zu fragen, wie sie sind, ohne in die Obrigkeitshörigkeit zu fallen, fragt den Rebben, warum er gelacht habe und dazu noch mitten im Gebet. Der Rabbiner erzählt ihm daraufhin die Geschichte: während er betete, erlangte er – wie die Buddhisten es nennen würden – die Erleuchtung und konnte für einen Moment in den Himmel sehen und sah, wie die Engel (Cherubim) im Himmel lachten und sich freuten. Da er es auch nicht verstand, wollte er wissen warum und da zeigte man ihm sein Dorf. Alle saßen an ihren feierlich gedeckten Tischen mit der Sabbath-Tischdecke, den Kerzen, dem traditionellen Essen und allem Drum und Dran, wie es sich für die sich an die Tradition haltenden, jüdischen Menschen zu Sabbath gehört. Und dann zeigte man ihm ein armes, altes Köhlerpaar, das außerhalb des Dorfes wohnte und so arm war, dass es sich weder die Tischdecke, noch die Challa (traditionelles Weißbrot), noch den Wein, noch die Kerzen, noch Essen und Trinken oder etwas überhaupt leisten konnte. Und so beschlossen sie, zu Sabbath für Gott zu tanzen und darüber freute man sich im Himmel mehr als über all die anderen, angepasst ergebenen Menschen.

Das ist der Chassidismus, den ich meine. Oder wie ein chassidischer Rabbiner in Jerusalem in seinem Schiur (Lehrauslegungen) einmal sagte: ein echter Chassid (also ein wirklich Frommer) kann sogar Schweinefleisch am Sabbath essen, wenn er es mit echter Debekuth (Hingabe und Treue und Ergebenheit und Demut) macht.

---

*Auszug aus einem noch nicht veröffentlichten Buchmanuskript

Liebe ist nur ein Wort,
aber sie trägt alles,
was wir haben

Barbara Auer-Trunz

Bewahrt EUCH
Die Liebe
Wie einen
Kostbaren Schatz
Sorgt dafür...
Dass ihr Euch
In den Augen
Des Anderen
Immer wiederfindet

Seelendünger

Eine Umarmung
Ein Händedruck
Ein Kompliment
Ein Lächeln
Eine Geste
Ein Danke
Ein Wort
Ein Blick

Es ist einfach!

Johanna Čart

Ausklang

Für alle Zeiten

Dein bleiches Gesicht hat die Schönheit
eines schlafenden alten Schneewittchens.
Dein entspannter Mund träumt von Frieden
und Freiheit, von Schmerz und Leid.
Dein matter Körper atmet den Duft einer spätherbstlich
erblühten Aster.

Der silberne Mond ist aufgegangen.
Es ist Zeit für den endgültigen Abschied.

Du bist gegangen.
In eine andere Zeit, eine andere Dimension,
ein anderes Leben.

Leb' wohl, Mutter!
Die Sanduhr ist abgelaufen.
Du bist am Ziel.

Hab' Dank für die Güte, die Wärme, die Toleranz!
Es ist Zeit, zu ruhen und die Ernte einzubringen.

Süße Trauben am Ende des Lebens.
Lass' sie dir schmecken und genieße sie
für einen bewussten Neuanfang.

Die Liebe bleibt bestehen und spannt Brücken
über alle tiefen Gräben des Leids.
Von nun an bis in alle Ewigkeit.

Horizont

Irgendwann, wenn meine persönliche Lebenssonne
den Horizont hinab zu sinken beginnt, möchte ich
meinen persönlichen Fußabdruck auf dieser Welt
hinterlassen.

Einen der Menschlichkeit,
der Wertschätzung und Nächstenliebe.

Einen der Wärme und des Mitgefühls.

Ich würde mir wünschen, dass man sich an mich
mit einem Lächeln erinnert,
weil ich etwas geben konnte von bleibendem Wert.

Etwas wie Liebe.

Egal, was hinter dem großen Horizont einmal kommt,
die ewige Freude oder das absolute Nichts,
ich wäre glücklich,
wenn mein Fußabdruck nachhaltig in den Herzen meiner
Mitmenschen verankert wäre.

Dann wäre das Gefühl da, es hätte Sinn gemacht.

Auch die Quälereien.

Möge die Übung gelingen.

Nicole Chaffin-Schäfer

Das Geständnis

Mammas Wunsch und Mammas Wille
schien sisch wohl net zu erfülle
dass Babba ihr mal ungestört
seine Liebe treu erklärt

Deshalb war sie unzufriede
suchte, wenn aach sichtlich trübe
Wege, um Papas Allür'n
irschendwie zu kompensier'n

Sie bekochte ihren Mann
zwar weiter, wie seit vielen Jahr'n
doch innerlich, bei aller Liebe
war sie furchtbar unzufriede

Eines schönen Tages, da
saß die Mamma mit Papa
beim Mittagesse förderhin
und da sachte sie zu ihm:

„Babba, ei, nun horch' ema'!
Du wolltest doch der Erika
mal was Gudes tun und nun
möcht' isch aach was Gudes tun!

Deshalb will isch vor mei'm Ende
all meine Organe spende
dass die kranke Leut' noch lange
lebe könn' durch mei' Organe!

Wenn isch nämlich förderhin
eines Tages net mehr bin
hab' isch doch mit viel Bedacht
eine gude Tat vollbracht!"

Der Babba schlürfte still und fromm
seine Supp' und war davon
gar net angetan und blass
rümpfte er nun seine Nas'

„Isch weiß net, Mamma", sprach Papa
„mir vorzustelle, dass isch gar
nach mei'm Tode ohne Scham
uffgeschnitte werd' und dann

mei' Organe ungebete
in annern Mensche weiterlebe
kimmt mir reichlich komisch vor!"
Doch meine liebe Mamma schwor:

„Kelle, bist du undankbar!
Zu helfe is' doch wunnerbar!
Viele, wie sollt's anners sein
würden sisch ganz sicher freu'n

würdest du e Niere spende
Isch füll' jedenfalls am Ende
heut' mein Ausweis aus am Stück!
Kelle, Babba, machste mit?"

Der Babba schwieg und schmatzte nur
und blieb in dieser Sache stur
Da rief nun meine Frau Mama
recht genervt: „Ach, Kelle naa!

Isch kann dein Schmatze net mehr hör'n!"
Da rief Papa in Würd' und Ehr'n:
„Des is' blöd! Verzeih' komplett!
Lauter kann isch leider net!"

Nun stand die Mamma gleich kurzdruff
komplett genervt vom Stuhle uff
und räumte missgelaunt recht knapp
und geschwind den Tische ab

Da lenkte Babba schließlich ein
und sachte letztlich mild und fein:
„Also gut, dann mach' isch mit!"
Da holte Mamma ganz entzückt

zwei Ausweise, noch gänzlich blank
aus dem weiße Kücheschrank
reichte Babba einen, ach
hockte sisch zu Tisch und sprach:

„Den hawwe mer jetzt auszufülle
und dann wird er in die Hülle
'nei gesteckt und ohne Frage
fortan stets am Leib getrage!"

Da sah sisch mein Papa recht lang
und misstrauisch den Ausweis an
und frachte dann unmittelbar:
„Mamma, eine Frage ma'!

Tust du werklisch nun am Ende
all deine Organe spende?"
Da sachte meine Frau Mama:
„Wenn schon, denn schon, Kelle naa!"

Da rief mein Babba prompt vor Schreck:
„Naa, mein Herz, des geb' isch net!"
„Warum dann net?", rief Mamma da
und welche Antwort, siehe da

Plötzlich sachte Babba klar
zu meiner lieben Frau Mama:
„Isch will doch net, was aach geschieht
dass disch jemand andres liebt!"

Barbara Jung-Steiner

Ikarus

Eine einsame Liebe
flattert
alle hundert Jahre
durch ein Leben.
Vergessen
fast verschollen
doch gegenwärtig
jeden Tag
und Nächte.
Falten-
Zierrat
von Trauer und Lachen
Warten ist die
Ungeduld
der Hoffnung.
Verlor Ikarus die Federn
im Feuer der Liebe?

Solveigh Reisinger-Huck

Des Lebens und der Liebe Ziel

Wenn Du glaubst, ein stetes Lachen
sei Deines Lebens einziges Ziel,
wenn Du nur noch strebst nach Sachen,
welche die Habgier haben will,
dann hast verfehlt Du Deines Lebens wahren Sinn;
denn nicht irdisch große Güter
sind des Lebens Traumgewinn.

Leben, das heißt vieles lernen,
Demut und des Dankes Glück,
Geben, anstatt nur zu Nehmen,
nach vorne schauen und nicht zurück.
Leben heißt Talenten dienen
und sie großmütig verschenken,
heißt verzichten unter Tränen
auf des eigenen Willens Denken.

Leben heißt die Freiheit geben,
allem, was uns teuer ist,
es heißt schrankenlos vertrauen,
weil das „Du“ es wert uns ist.
Leben heißt auch Wege gehen,
deren Ziel und Sinn noch unbekannt
und des Himmels reiche Gaben
zu behüten, zu verwalten
für ein anderes, besseres Land.

Und am Ende unseres Weges
gilt es, Liebe, die das Herz so tief gefühlt,
die wir noch hätten gern verschenkt,
dem zurückzugeben, der sie uns ins Herz gesenkt.

Nur ein Tag und eine Nacht

Schenk' uns jedes Jahr
nur einen Tag und eine Nacht.
Gewähr' dem Tage die Gespräche,
unterwirf dem Mond die Leidenschaft.

Körper, die in Lust umschlungen,
verletzt durch die Vergänglichkeit.
Seelen, welche unumwunden
verschmelzen ohne Raum und Zeit.

Und – gleich einem welken Blatt –
wird Staub die schale Zeitlichkeit.
Alles für das „Du" gegeben,
gewinnt uns die Unsterblichkeit,
aus welcher Schönheit wird geboren
Kunst, der Schöpfung Anteilsmacht.

Dieses Wunder schenkt die Liebe –
in einem Tag und einer Nacht.

Abschied

Unterm Rosenbogen wollt' ich weilen,
nur mit Dir, mein Lieb' allein,
und in unseren schönsten Stunden
sollt' der Himmel bei uns sein,
uns beschützend und bewahrend
unserer Liebe großes Glück;
doch das Schicksal plant' es anders,
und der Traum kommt nie zurück.
Die bunten Rosenblüten welkten,
Du gingst fort ins Schattenreich.

Die Liebe unserer Seelen aber wird
nicht sterben im profanen Lauf der Zeit.
Stärker als der Tod, vom Himmel uns gegeben,
lebt sie unsterblich weiter im Licht der großen Ewigkeit!

Vielleicht?

Vielleicht in einem anderen Leben
wird das Versäumte uns gegeben?
Die Hand, die meine Hand berührt,
der Kuss, der sich ans Du verliert.
Und aus der Asche der verlorenen Zeit
entsteht das „Wir" der Ewigkeit.

Die Farbe der Freiheit

„Welche Farbe hat die Freiheit?“,
wolltest Du so oft schon fragen.
Niemand wusste eine Antwort,
keiner konnte es Dir sagen.

Reich’ mir Deine liebe Hand,
geh’ mit mir zum Regenbogen,
der in seiner bunten Pracht
leuchtet hoch am Himmel oben.

„Gelb“ ist der Sonne Eigentum,
Licht, das ins Gemüt sie senkt.
„Blau“ ist der Abenddämmerung sanftes Licht,
das Heilung wunder Seele schenkt.

„Grün“ ist des Tages frohe Hoffnung,
die Kraft für jeden Schritt durchs Leben.
Der Freiheit Farbe aber ist das tiefe „Rot“,
gefühlt im Herzen, das sich liebend hingegeben.

Wenn sich das „Ich“ selbstlos im „Du“ verliert,
dann ist der Freiheit Allmacht angekommen
in jedem noch so „kleinen Leben“ –
dann hat das Schicksal Dir den Himmel auf Erden schon
gegeben.

Patrizia Franziska Rottmüller

Irdisch' Liebe

Liebe spanne deine Flügel aus
und trage mich zu dir nach Haus.
In deiner Welt, ewig und ach so frei,
möcht' ich ein wenig weilen,
mich darin erkennen und dies mit
meinen Liebsten teilen.
An diesem doch so großen Tag,
an dem es mir gegeben war, die Lieb'
auf dieser Erd' für mich zu nehmen, wurd'
irdisch' Lieb' ein Teil von mir und wird sich
ewiglich in mir verströmen.
Zurückgekehrt aus meinem Traum,
werd' ich erkennen, verwurzelt und gestärkt,
wo mein irdisch' Platz wird sein und wo
mein heil'ger Raum.

H. Sieber

Das zweite Mal

Das zweite Mal sah sie diesen Blick, diese Mischung aus Trauer und Begehren, nicht verborgen in einem schon etwas vertrauten Männergesicht.

Das erste Mal war lange her gewesen. Sie hatte damals vor vielen Jahren ihren Ehemann besucht, der als Hauptverantwortlicher eine Tagung für Kollegen aus seinem wissenschaftlichen Fachgebiet organisiert hatte. Sie zog ein hübsches Kleid und die unbequemen hochhackigen Schuhe an und fuhr in einen kleinen Ort am südlichen Rand von Berlin. Als sie das Tagungshotel mit Garten erreichte, kam ihr Mann ihr gestresst entgegen, ein großes Tablett voller Sandwiches tragend. Also ging sie allein weiter Richtung Tagungshotel. Zwei ihr wohlbekannte Kollegen ihres Mannes saßen am Wegrand auf einer Bank. Den einen, den aus Prag, kannte sie schon seit vielen Jahren und die Familien hatten sich im Ausland öfters besucht. Es knisterte verhalten etwas zwischen ihr und ihm. Den Franzosen kannte sie nur oberflächlich.

Da geschah es, das erste Mal. Die beiden und vor allem der lang und gut gekannte, sahen ihr von einer Bank aus entgegen, voller Begehren und voll der Trauer, dass niemand der Frau eines guten Freundes zu nahe treten könnte. Es bei einer freundschaftlichen Begrüßung bleiben musste. Vielleicht konnte man noch auf eine sehr feste freundschaftliche Abschiedsumarmung mit slawischem Wangenküsschen am Ende des Abends hoffen.

Das zweite Mal geschah erst vor Kurzem. Mehr als 30 lange Jahre waren seit dem ersten Mal vergangen. Ihr geliebter Ehemann war nach 34 glücklichen Ehejahren gestorben und sie musste seit 5 Jahren ein anderes Leben führen. Sie hatte es inzwischen geschafft, war mit einigen lieben Freundinnen näher zusammengerückt und hatte das Glück geschenkt bekommen, zwei liebe Enkelinnen zu haben, die Oma liebten. Ein Ehrenamt machte ihr Freude. Trotzdem gab es noch genügend einsame Abende und sie beschloss, einmal eine Kontaktannonce zu wagen. Einer der wenigen interessierten Männer fand den Zugang zu ihrem Herzen. Ein sehr kluger, feinsinniger, verständnisvoller Mann. Ein Dozent für Ästhetik, der Philosophie studiert hatte.

Leider, leider war er zehn Jahre älter als ihre eigenen, für sie immer noch kaum zu glaubenden, 70 Jahre. Das schuf wohl auf beiden Seiten eine große unsichere Fragwürdigkeit eines Näherkommens.

Einmal, sie kannten sich noch nicht sehr lange, waren sie zu-sammen in einer Kunstausstellung. Er wartete an der Garderobe auf sie, sie kam auf ihn zu und da geschah es, so anders und doch so gleich wie beim ersten Mal. Dieser so anrührende Blick voller Trauer und Begehren. Würden nicht die Lebensbindungen, sondern die Jahre sie scheiden?

Und doch war wohl gerade bei Ihnen beiden, so wie sie nun einmal waren, die Begegnung ihrer Seelen möglich. Und dieses Mal, das zweite Mal, war eine Welt aller Möglichkeiten offen. Der Strudel begann sie hineinzuziehen.

Wer Religion hat, redet Poesie

Barbara Auer-Trunz

So bin ich …
Seelenruhig
Und warte
Erst mal ab
Ich weiß …
Es ist nicht
Einfach
Und die Zeit
Wird knapp!
Am Abend
Leg ich Gott
Die Sorgen an
Sein Herz …
Geh schlafen
Gott ist sowieso
Die ganze Nacht auf!

Die Schnecke

Die Schnecke
Denkt...
Schaff ich das noch
Bis NOAH schließt
Das große Loch
Ich schleiche
Und bin nicht in Eile
Das dauert eben
Eine Weile…
Der liebe Gott
Ist daran schuld
Hat mich beschenkt
Mit viel Geduld...
So wird er mich auch
Nicht verlassen
Und die Türe offen lassen

Ein GOTT Ein WORT

Maria Baumgartner

Gebet

Herr,
gib mir die Kraft,
auch die Stille
zu ertragen.

Schenk mir die Fähigkeit,
in mich
hineinzuhorchen.

Lass mich erkennen,
dass ich wachse
durch das Leid.

Zuversicht

Du,
der du bist
ohne Anfang, ohne Ende,

du weißt, wie lange
die Zeiger meiner Lebensuhr
in Bewegung sein werden.

Du weißt, ob ich
das Keimen und Blühen,
das Wachsen und Reifen
des Samens, den ich gesät,
erleben kann.

Aus deiner Hand
werde ich die Früchte
des Leidens und Liebens,
des Hoffens und Mühens
empfangen.

Du allein weißt,
wann und wo.

Regina Franziska Fischer

„ADVENIRE“ im Gotteslicht

„Ich sage euch: Ihr sollt dem Bösen nicht mit Gewalt widerstehen.“

Jesus meint in seiner allumfassenden Liebe, dass man im Kampf gegen das Böse auf das Mittel verzichtet, dessen sich das Böse bedient, nämlich die Gewalt.

Ohne Gewalt in Worte zu fassen und ohne von Gedanken der Gewalt gelenkt zu werden, dass ist die aussichtsreichste Form für den gemeinsamen Weg des Friedens.

Das System von Gewalt und Gegengewalt im Nahen Osten erschüttert.

Mit einem Gedichtsabschnitt von mir möchte ich schließen:

... Versunken in Schutt und Asche
Gott verloren
Erwachen immer wieder
In goldene Hoffnung –
N e u g e b o r e n
Im Licht des Friedens
Mit dem Kind in der Krippe ...

Die kirchliche Predigt

Gibt es die eine, wahre, allumfassende Predigt, die für jeden Gläubigen passend ist?

Nein, es kann sie gar nicht geben, weil wir Individuen sind mit unterschiedlichen Ansprüchen und Entwicklungsstufen.

Ich wünsche mir keine Erlebnis-Eitelkeiten des Predigers. Eine demutvolle Haltung gegenüber dem Leben Jesu, dessen Lehre immer wieder aufbereitet werden muss, damit wir diese als Lebensratgeber nicht vergessen.

Der Priester als guter Hirte und Mittelsmann göttlicher Weisheiten möge daraus kleine Wunderwerke schaffen, die Lebenswahrheiten entsprechen und den Christen wenigstens für ein paar Stunden trägt und stärkt in den Wirrnissen dieser Zeit.

Und bitte kein politisches bzw. sozial-politisches Intervenieren!

Im Grunde ist es aussichtslos, jedem Kirchgänger die für ihn passende Predigtqualität mitzugeben...

Oder ist es vielleicht nur der eine Satz eines Predigers?

Ute Kreibich

Der Glaube an Gott gibt Hoffnung auf ein Leben nach dem Tod

Drei Tage bevor mein Vater mit 49 Jahren schwerkrank verstarb, hatte ich nachts einen Traum, der hoffen lies. Ich sah meinen Vater liegen und er hatte seine Augen geschlossen. Im Traum empfand ich ein Gefühl des inneren Friedens und der inneren Ruhe. Es kam einem Glücksgefühl nahe. Doch weiter konnte mein inneres Auge im Traum nicht blicken.

Seit mein Vater verstorben ist – es ist jetzt 33 Jahre her – geschehen beachtliche Dinge, die man sich nur mit der weiteren Existenz seiner Seele erklären kann.

In der Wohnung, in der wir alle gemeinsam lebten, tauchte vor zwei Jahren auf dem Möbelrand um das Waschbecken in der Küche ein roter Fleck auf. Meine Mutter nahm Scheuermilch, um ihn zu entfernen. Am nächsten Tag war er wieder zu sehen. So oft meine Mutter den Fleck auch wegscheuerte, er kam immer wieder zum Vorschein. Selbst wenn das Waschbecken unbenutzt blieb, weil keiner in der Wohnung war, zeigte sich der Fleck abermals am nächsten Tag.

Doch dann geschah ein neues Wunder, welches damit im Zusammenhang zu stehen schien.

Meine Mutter stand an einem Morgen wie immer auf und erzählte mir ganz aufgeregt, was sie nachts mit ihrem Wecker erlebt hatte. Ihr Wecker zeigte nur noch die Uhrzeit an, aber er klingelte schon seit längerer Zeit nicht mehr. In dieser Nacht sollte es aber anders sein. Meine Mutter wurde plötzlich durch das Klingeln des Weckers aus dem Schlaf gerissen. Sie drückte den Knopf aus, aber der Wecker klingelte weiter. Nach kurzem Überlegen, was sie mit dem klingelnden Wecker machen könnte, entfernte sie die Batterien.

Doch der Wecker klingelte weiter. Als sie ihn zum Fenster herausschmeißen wollte, hörte er endlich auf zu klingeln. Nach kurzem Nachdenken stellten wir fest, dass diese Nacht, in welcher der Wecker wieder anfing zu klingeln, die Nacht vor dem alljährlichen Todestag meines Vaters war. Seit dieser Nacht geht nun die Klingel des Weckers wieder. Bis zum heutigen Tag ist das so geblieben. Jedoch seit der Wecker wieder klingelt, ist der rote Fleck in der Küche verschwunden. Er zeigt sich nun nicht mehr.

Meine Mutter stammt aus einer katholischen Familie. Als sie noch ein Kind war, hatte sie ein besonderes Erlebnis. Es war Heiligabend und alle hatten sich schmuck angezogen – das heißt meine Mutter, ihre drei Brüder und auch ihre Eltern. Die Kinder bekamen alle eine Kerze in die Hand, die angezündet wurde. Meine Mutter und ihre Geschwister standen im Korridor ihrer Wohnung. Die Eltern waren im Wohnzimmer, in dem sich ein schöner Tannenbaum befand. Darunter lagen die Geschenke. Der Vater spielte auf der Geige das Lied „Stille Nacht, heilige Nacht“. Die Eltern öffneten die Tür und die Kinder gingen mit ihren Kerzen ins Wohnzimmer. Im gleichen Moment sah meine Mutter einen weißen Schatten, der aus dem Fenster flog und rief: „Da ist das Christkindl!“ Keiner von den anderen konnte es sehen, nur meine Mutter.

Zwei weitere Ereignisse haben mich tief berührt. 2010 war jemand, mit dem mich eine platonische Liebe verband, schwer erkrankt. Einige Wochen bevor er starb, erschien mir nachts im Traum ein Kreuz mit einem grünen Licht in der Mitte. Grün ist ja die Farbe der Hoffnung.

Ein anderes Mal ging ich zum Briefkasten meiner Mutter und mir erschien ein Kreuz vor Augen. Etwas später rief ich jemanden an, mit dem ich mich innerlich sehr verbunden fühle. Er erzählte mir, dass seine Mutter verstorben war.

Als ich jünger war, nahm ich an einem mehrtägigen Kirchenausflug teil. Hier lernte ich einen jungen Mann kennen, der mich gerne heiraten wollte. Er war für mich aber ein guter Freund. Ich hatte nach diesem Ausflug aber keinen Kontakt mehr zu ihm. Plötzlich nach einem halben Jahr träumte ich nachts von ihm. Ich erzählte das am nächsten Tag unserem damaligen evangelischen Jugendpfarrer. Daraufhin sagte er mir, dass dieser junge Mann am selben Tag zu ihm zu Besuch kommt (aus dem Westen Deutschlands in den Osten Deutschlands).

Während meines Studiums an der Martin-Luther-Universität in Halle an der Saale nahm ich an einem Psychologieseminar teil. Hier musste ich mit einer jungen Studentin aus einem anderen Fachbereich eine Lehrer-Schüler-Situation nachspielen. Dieses Gespräch wurde auf Video aufgezeichnet. Die junge Studentin wirkte auf mich sehr sympathisch. Nach einem Semester war das Seminar abgeschlossen und ich sah die junge Frau nicht wieder. Nach ca. sechs Monaten sah ich sie nachts im Traum, wie sie mir auf einem langen Gang entgegenkam. Am nächsten Tag stehe ich an der Eingangstür zu einem langen Gang in der Slavistik und traue meinen Augen kaum, als sie mir dort entgegenkommt. Sie war sonst nie in der Slavistik gewesen.

Am Institut für Slavistik gab es auch einen sehr liebenswerten Professor für russische Literatur, mit welchem mich eine platonische Liebe verband. Nachdem ich schon länger keinen Kontakt mehr zu ihm hatte, träumte ich nachts plötzlich, dass er von Halle weggezogen sei. Drei oder vier Jahre später erfuhr ich von jemandem, dass der Professor zu dieser Zeit wirklich umgezogen ist, in eine andere Stadt.

Manche Menschen haben eine sehr große Sensibilität, eine reiche Gefühlswelt und sind stark im Glauben an Gott. All diese Wesenszüge lassen sie die Welt anders wahrnehmen. Sie sehen, fühlen, riechen, tasten, schmecken und hören mehr als andere Menschen. Sie können sich an jeder Blume erfreuen, am Zwitschern der Vögel, am Geruch jeder Jahreszeit.

In einer evangelischen Kirche habe ich den Spruch gelesen: „Man sieht nur mit dem Herzen gut.“

Gisela Mozer

Aus der Erfahrung meine Offenbarung

Schnell vernetzt mit Kriminellen,
muss mir nicht die Frage stellen,
mein Festnetz doch abzumelden.
Den Hörer hielt gern in Händen.
Freud und Leid, und, und, und,
Ehrlich, wahr immer die Kund.
Nur Ältere noch Telefon haben,
für Kriminelle leichtes Graben,
für noch schlimmere Taten
ziehen ihre Abzocken Faden.
Zum Helfen sind wir gern bereit
auch in dieser schrecklichen Zeit.
Mit fünfundachtzig Jahren
ausgesetzt diesen Gefahren.
Alte aufrichtige Menschen,
kommen da an ihre Grenzen.
Gearbeitet ein Leben lang,
immer im Wahr der Gang.
Was heute auf der Welt passiert,
Hoffnung auf gutes Sein verliert.

Das Kriegen, wo auch immer,
nie, ein göttliches Gezimmer.
Bitte täglich um Hilfe nach Oben!
Bitte, lass' aufhören dieses Toben.
Kriminalität sich rasend wellt,
Grenzenlos um die ganze Welt.
Sind kriminelle Leute
die Helden von Heute,
muss ich mich schon fragen,
in dieser Zeit, diesen Tagen?

Ich bete wirklich jeden Tag,
den Herr im Oben vieles frag'.
Höre, vielleicht hören möchte
es kommt vorwärts ...
nur der Gerechte ...

Transformationszeit

Nichts ist schöner geworden als diese neueste
Transformationszeit
All Deine Zeit
Fertig gebracht
Als vollbracht
Und nur Du dieser wertvollster bist und bleibst

Alles ist nur noch fertig gemachte
Frisch vermachte
Neuheitsgewinnungszeit
Altes ist wie Neues ganz gemachte, wahrste Neuheit
Neueste
Treueste
Edelste
Wunderschönste
Allerbeste
Feinste
Eroberungen
Deiner Erinnerungen
Nichts ist schöner am werden als Du dies weißt
Nur Du davon hier isst
In allen Tagen dieser Weltenumwandlung
Ergibt Sinn eine jede einzelne Handlung
Nur Du bist es gewesen bis ins Allerheiligste Dasein
Dein Bewusstsein
Nichts ist also schöner geworden ausserdem
Mit System
Eine jede einzelne Verhandlungsform

Nichts desto trotz
Nur noch diese Formel dieser
Erhöhungsnormalitätserfahrung
Erfahrungsweise nur noch dieser Sitz
Dieser Platz
Dieses seltenste Dasein als erforschte Glaubensrichtung
Als diese seltenste Erweiterungsform von richtig liegend
Wahrheitsgetreu siegend
Liebeswort erhält einen neuen Namen nach dieser
Erfahrungsform von allerheiligster
Schnellster
Rücksprache
Deiner Sprache
Du bist und bleibst ewigster Sieger als nur Du dies kannst
erhalten
Altes ist wie Neues ganzes Haupt als Darsteller
Deinesgleichen
Als nur Du dies kannst bewältigen
Als nur Du dies kannst erhalten und so beibehalten
Nur Du es bist als Segen
Als königlichstes Bewegen
Als erfolgreichster im Hinschauen und daraufhin gleich
wieder alles ein reinster Hauptgewinn
Dein Lebenssinn
Deine Liebe zur Verantwortung
Deine Fürsorge zur Liebe und zur Wahrheit, eine reinste
Feinste
Verteidigungsform
Deine höchste Form
Deiner ist für immer und ewig
Ein Sieg
Denn der Wille ist Aufheiterung

Erleichterung
Befürwortungsform von solchen echten
Gerechten
Wahrsten und Rarsten
Wunderbarsten
Veredelten
Vergelten
Denn nur Du es weisst, was kommt
Und nur so alles stimmt
Nur Du es bist als gewagt, als nur Du es kannst weiterhin gebrauchen
Weiterhin ganz verbrauchen
Um es wieder aufzufüllen
Nur Du es bist am nachschauen
Nur Du kannst daraufhin weiterhin so aufbauen
So weitermachen
Mit all Deinen Sachen
Nur Du es kannst erleben
Nur Du kannst überleben
Weiterleben
Gas geben
Und still halten
Motivationsmanöver ist wie ruhig gelegt
Denn nur wer diesen Tag neu belegt
Erhält alles zurück auf einmal
Nur Du hattest diese feine Wahl
Es sind diese seltensten Tagungen
Deiner Erfahrungen
Deiner Bestätigungen und Deiner echteren, wahrsten
Wiederbegegnung
Deine Himmelsegnung
Deine Reife und Deine Tat

Als nur Du kannst weiterhin darauf bauen als nur Du es
kennst als Gottestat
Als diese wahrste
Rarste
Eröffnung
Von Heilung
Von diesem seltensten
Allerschnellsten
Allerbesten
Wunderschönsten
Zu erhalten noch mehr davon, wie gut es Dir bleibt, als alles
geschafft zu haben
Mit diesem Guthaben
Geht's voran als nur Du es lebst
Bis Du stirbst
Bis Du nur noch dieses seltenste bleibst
Und nur Du es kannst erhalten als nur Du es bist, so es ist

Es gibt niemanden dafür ausser Du als wie Dein ICH nur
noch erhält noch mehr von dieser
Form von Echtheitsbegnadigungen
Von Vejüngung
Von reinster Qualität
In dieser Realität
Von reinster Erlösung
Von reinster Erfüllung
Von ersten
Besten
Hand gemacht als wie Du es hast gezeigt und erlebt
Nur Du es bist als ewigste Seinsänderung dieser Art als
gelebt
Nichts erhält mehr Sinn außer dieser Bereich als gefüllt

Als eingehüllt
Als nur Du kannst es erhalten als gut, als wichtigster
Bestandteil Deiner March
Dein Tisch
Als wahrster Mensch dieser Erfahrungsweise als Du es
kannst nicht mehr ändern
Nichts davon lässt sich mehr verändern
Alles ist so gut
Wie dieses Blut
Als ewigster in Sachen solcher Tagungsform und als
richtigster Mensch überhaupt
Nur Du es bist als bestens erlebt zu haben dieses Leben als
gelebt und als wahrste Änderung
dieser Mahlzeit, gibt es mehr nichts zu haben außer dieses
Leben als sich nichts mehr daraus
resultierte außer eben dieses Haupt
Nichts geht so voran als wie neu geschliffenste
Neuheitsfindungsform
Deiner allerhöchsten Form
Deiner allernächsten Tagung
Deiner Erfahrungsform von Wertschätzung
Von tiefster Bedeutung zu sein
Als nur Du es kannst erhalten als dieser Sonnenschein
Als wie nur Du es gehst an wie immer und wie nur Du es
kannst haben als ganz, als wie
Neuheitsform
Deiner Gehirnumwandlungsform, dass nur Du bleibst dieses
erleben als dieser Mensch zur
wahrsten Grundhaltung
Deiner Verwaltungsform von veredelter Tat und nur Du
gehst so weit bis ins allerletzte
Detail und zurück ins Licht

Gotteslicht
Deinesgleichen ist und bleibt dieses seltenste in allem als nur
Du bist dieses veredelte in allen
Tagen dieser Weltenumwandlungsform als gerecht zu sein
bis ins veredelte Dasein Deines
Körpers, Deines Leidens
Denn nur Du gehst ein in dieses königlichste Beispiel Deines
Heilens, Deines Lebens

Peter Troche

Das Es

Im Denken sind wir alle groß,
denn der Verstand ist grenzenlos.
Selbst wenn wir uns in späten Lenzen
mit geweihtem Lorbeer kränzen,
setzt ihm das noch keine Grenzen,
und wenn wir seiner müde werden,
lindert es nur die Beschwerden,
die uns die Ratio bereitet,
wenn sie uns in die Irre leitet.
Tief in uns ist Größeres,
teil Niederes, teils Höheres,
mal Besseres, mal Böseres.
Es ist kurz gesagt das Es:
Ein kleines Wort mit herbem Ton,
und doch steht es im Lexikon,
gefolgt von Ich und Über-Ich.
Noch mehr davon erübrigt sich.
Es wirkt wie ein Psychotikum
und treibt uns alle Tage um.
Es lässt uns lieben, hassen, morden.
Eh schon lebt der Mensch in Horden
und trachtet, dass sie Herden werden
zum Wohle aller hier auf Erden.
Doch das verflixte Unbewusste,
wovon man lange Zeit nichts wusste,
ist zugleich auch Teufelei.
Die Schöpfung war ein Fall für zwei.

Erleuchtung

Ob es Gott gibt, weiß man nicht.
Der Glaube ist doch nur Verzicht
auf nachweisbar Vorhandenes,
nicht mehr und auch nichts anderes.
Ich habe diese Sorge nicht
und weiß mich dafür in der Pflicht,
mich mit der Menschheit zu entzweien
und dem mein drittes Ohr zu leihen,
der auch dann sein Schweigen bricht,
wenn er in stummen Worten spricht.
In mir werden sie zu Licht.

Barbara Auer-Trunz, geboren 1953, lebt mit ihrem Mann und den drei erwachsenen Kindern im Süden Deutschlands. Im Dezember 2006 greift sie spontan zum Stift. Die Worte fließen ohne große Überlegungen aufs Papier. Seitdem lässt sie das Schreiben nicht mehr los. Ihr erstes Buch „Die Türen nach innen“ erschien im Januar 2010. Mittlerweile sind vier weitere Gedichtbände in der Frankfurter Verlagsgruppe erschienen: „Aus dem Herzen sprechen genügt“ (2018) „Berührt durchs Leben“ (2019), „Lass das mal das Leben sein“ (2020) und „Die leisen Töne mag ich“ (2021), aus welchen die in dieser Augabe erschienenen Gedichte entnommen sind. Ihr Wunsch wäre es, eine ihrer Geschichten als Kinderbuch zu veröffentlichen.

Maria Baumgartner, geboren 1933 in Lassee, Niederösterreich. 1952 bis 1995 als Lehrerin im Schuldienst, anschließend in der Erwachsenenbildung (VHS) tätig. Lyrik und Kurzprosa in Mundart und Hochsprache. Veröffentlichungen in Literaturzeitschriften und Anthologien.
1999 Buch „ Samen im Wind“, Kurzgedichte.
Teilnahme an zahlreichen Lesungen.

Beatrix Ramona Benmoussa-Strouhal, geb. 1963 in Graz, Österreich. Floristin mit Diplom. Nach Beiträgen in der „ATG“ Sportzeitung 1995 und in „Der Florist“ 2001-2003 veröffentlichte sie 2016 mit „Ein Stück von mir aus aller Welt“ ihren ersten Band mit Kurzgeschichten und Farbbildern (auch als Hörbuch erhältlich). Der zweite Band „Blumenkunst

mit Gedichten“ erschien 2019. 2021 veröffentlichte sie ihren dritten Band „Die Mitte von mir aus aller Welt. Kurzgeschichten und Bilder“ sowie ihren vierten Band „Algerien und Oman. Bilderband mit Geschichten, Erzählungen und Lyrik.“ 2023 folgte der fünfte Band: „Mutters Eule und weißer Kakadu“ Kurzgeschichten von Österreich und Australien mit Bildern Außerdem wurden ihre Gedichte in der „Frankfurter Bibliothek“ 2021 und 2022 sowie in „Die besten Gedichte 2021/2022“ veröffentlicht.
Absolventin der Cornelia Goethe Akademie mit Schriftstellerdiplom 2017. Mitglied der GAL (Gemeinschaft der Absolventen und Literaturpreisträger).
Veröffentlichung in „Der Frankfurter literarischer Lustgarten 2019“. Ihre Botschaft: Sie möchte den Menschen zeigen, wie farbenfroh unsere Welt ist und ihnen Mut machen, dass man trotz eines Problcms das Schöne erkennen kann.

Jürgen Bennack, Jahrgang 1941, Lehrer und Hochschullehrer, Fachveröffentlichungen zur Pädagogik. Er hat einige Bücher zu Köln (u.a. über Humor, Mentalität, z.T. Texte in Kölner Mundart) veröffentlicht sowie mehrere Gedichte bei der Brentano-Gesellschaft (Frankfurter Bibliothek) und Texte in den Anthologien „Neue Literatur“ und „Das große Vorlesebuch“ verfasst.

Margitta Börner, ist in Weida/Thüringen geboren. Sie hat zwei Kinder und ist stolz auf ihre drei Enkel. Ihre freie Zeit nutzt sie zum Schreiben.
Veröffentlichungen:
2004 „Fühlst du auch so“ (Gedichte, August von Goethe Literaturverlag), 2011 „Der letzte Brief“ (Kurzgeschichte;

Anthologie Herbst, August von Goethe Literaturverlag), 2014 „Der Weg bis ans Ende“ (Erzählung, Frankfurter Literaturverlag), 2015 „War es Freundschaft?“, „Und wieder habe ich einen Tag ohne dich verbracht“, 2019 „Schmetterling“ (Gedicht, Anthologie „Neue Literatur Frühjahr 2019“, August von Goethe Literaturverlag), 2020 „Wurm Paul sucht eine Frau“ (Kinderbuch, Verlagshaus Schlosser), 2021 „Spürst du schon dieses kleine Ungeheuer“ (Gedicht, Anthlogie „Neue Literatur Herbst 2020/2021, August von Goethe Literaturverlag), 2022 „Kind mit Teddy auf der Flucht“ (Gedicht, Anthlogie „Neue Literatur 2022“, August von Goethe Literaturverlag) 2022 : „Kein Geschenk ohne Gedicht“ („Weihnachtsanthologie“, August von Goethe Literaturverlag), 2023 „Warum? Ich kann das nicht verstehen“ (Neue Literatur 2023, August von Goethe Literaturverlag), 2023 „Die Suche nach einem besonderen Geschenk“ (Weihnachtsanthologie 2023, August von Goethe Literaturverlag), 2024 „Erinnerung an Erika“(Neue Literatur 2024 /25 , August von Goethe Literaturverlag).

Johanna Čart, geb. 1963 in Wien, Pharmazeutin, verheiratet, drei Kinder. Publikationen: „ Helene - Ein erfülltes Leben für die anderen“, 1998, 2016; „Gedicht und Gesellschaft“ 2012, Brentano-Gesellschaft, Frankfurt; „Die besten Gedichte 2012/2013“, Frankfurter Literaturverlag 2012; „Gedicht und Gesellschaft“ 2013, Brentano-Gesellschaft, Frankfurt; „Die besten Gedichte 2013/2014“, Frankfurter Literaturverlag 2013; „Neue Literatur“, Anthologie im Frühjahr 2013, Frankfurter Literaturverlag; „Grüße vom Nikolaus“, Weihnachtsanthologie 2013, Frankfurter Literaturverlag; „Die besten Gedichte 2014/2015“, Frankfurter Literaturverlag 2014; „Leopoldine“ – Auszüge eines Lebens in Demut; CreateSpace Independent Publishing Platform 2015; „Erzählungen“

über Befreiung, Berufung und Bewältigung; CreateSpace Independent Publishing Platform 2015; „Lyrik und Prosa"; CreateSpace Independent Publishing Platform 2015; „In der Angsthölle gefangen"-Mein dorniger Weg aus dem Burnout; CreateSpace Independent Publishing Platform 2016; „Die besten Gedichte 2017/2018, Frankfurter Literaturverlag 2018; „Neue Literatur", Anthologie im Frühjahr 2018, Frankfurter Literaturverlag; „Neue Literatur" 2018/2019, Frankfurter Literaturverlag; „Weihnachtliche Kamingeschichten", Weihnachtsanthologie 2019, Frankfurter Literaturverlag; „Neue Literatur" 2020/2021, Frankfurter Literaturverlag; „Neue Literatur" 2022, Frankfurter Literaturverlag; „Neue Literatur" 2022/2023, Frankfurter Literaturverlag; „Ein Zaubergarten voller Gespenster", Kindle direct publishing 2023; „Neue Literatur" 2023/2024, Frankfurter Literaturverlag.

Nicole Chaffin-Schäfer ist 1972 in Frankfurt geboren, hat an der Johann Wolfgang Goethe-Universität studiert. Text und alle Zeichnungen stammen aus der Feder der Autorin, die mit ihrer Familie in Frankfurt am Main lebt.
2020 erschien ihr erstes Werk „Frankfurter Schmunzelgeschichten" im August von Goethe Literaturverlag; anschließend folgten 2021 „Frankfurter Geschichten in Gedichten"; 2023 „Frankfurter Würstche nackisch" und „Als Großmama ein Mädche war"; 2024 „Die Frankfurter Schnapsmarie" und „Jedes Dippsche find' sei' Deckelsche".

Regine Correns kommt aus einer ostpreußischen Familie, wurde Ende 1944 in Ostholstein geboren und ist dort aufgewachsen. Nach dem Studium unterrichtete sie über 30 Jahre an einer Schule in Bremen.

Sie äußert sich zum Schreiben selbst folgendermaßen: „Schreiben ist zunächst eine Haltung des Sehens. Es gilt, die Wirklichkeit wahrzunehmen und ihrem tieferen Sinn nachzuspüren. Der Rest ist geduldige Arbeit an Satzbau und Wort."
Bisherige Veröffentlichungen:
„Mit dem Federkiel der weißen Taube" (2021, August von Goethe Literaturverlag), „Zeit des silbernen Mondes" (2023, August von Goethe Literaturverlag), diverse Texte in verschiedenen Anthologien.

Regina Franziska Fischer, geb. Pollok, am 20. Mai 1951 in Herford/NRW geboren, verlebte ihre Gymnasialzeit in der Wittekindstadt Enger. Sie ist verheiratet, hat einen erwachsenen Sohn (promovierter Wirtschaftswissenschaftler) und wohnt seit 1976 in Bielefeld. Dort wurde sie Namensgeberin der Dankward-Säule im Kulturland Schelphof e.V. Von Beruf ist sie Industriekaufmann, Fremdsprachenkorrespondentin für Englisch, Psychologische Beraterin und heute Schriftstellerin. Sie absolvierte erfolgreich ein zweijähriges Belletristik-Studium an der Axel-Andersson-Akademie, Hamburg. Diverse Lyrik-Zertifikate für fortgeschrittene Dichterinnen zeitgenössischen Schreibens bestätigen ferner ihre vielschichtigen und ausdrucksstarken Texte.
Ihr schriftstellerisches Schaffen umfasst zahlreiche Publikationen und lyrische Impressionen im Bereich Anthologien, z.B. Eschbach Verlag, eschbacher pockets, Frankfurter Bibliothek (Brentano Gesellschaft, Frankfurt) Jahrbuch für das neue Gedicht, ferner seit Jahren Die besten Gedichte aus der Frankfurter Bibliothek, August von Goethe Literaturverlag, Literareon Lyrik-Bibliothek, ferner Bibliothek deutschsprachiger Gedichte, Anthologien im R.G. Fischer Verlag, Anthologien zum Thema HAIKU. Publikationen im Bereich Lyrik und

Prosa waren Blumen für die Seele und Das Licht ist immer in Dir ... !, 2005.
Im Jahr ihrer Brustkrebserkrankung 2007 entstanden die Lyrik-bände Nie geahnte Seelenspuren, Geöffnet wie ein Kelch, Im Traume federleicht, und in 2008 die Bände Wieder flechten das Mieder im Mai sowie Aus dem Brunnen der Unsterblichkeit, Literareon. In 2009 erschien Ihr Band Maienkönigin mit autobiographischem Inhalt (Prosa und Lyrik) und ihr erster Haiku-Band mit dem Titel Zauber eines Augenblicks, dem 2010 der zweite Band folgte: Im Licht des Bergkristalls, ebenfalls Literareon. Als Mitglied der DHG 2006-2016, Deutsche Haiku-Gesellschaft, Frankfurt, veröffentlichte die Autorin regelmäßig ihre Haiku in der Vierteljahresschrift Sommergras der Gesellschaft.
Ab März 2013 wurde die Autorin Mitglied der Österreichischen Haiku Gcsellschaft, Wien. Der Vorstand: „Neue Haiku von Ihnen wären für uns eine Bereicherung." In ihrem Buch Lichtertore aus dem Jahr 2010 beschreibt sie u. a. Zustände auf einer Intensiv-Station während des Sterbens ihres Vaters Peter Paul Pollok. Der besagte Artikel „Dies ist kein Menschenland!" wird dem Vatikan übersandt, der mit einer Stellungnahme des Bedauerns reagiert, Lichtertore wurde gerne ins Stadtarchiv für die Landesgeschichtliche Bibliothek in Bielefeld registriert. In ihrer Publikation aus 2012 mit dem Titel „Sonnentanz in meiner Seele" möchte die Autorin ihre Leser mit ihrer sensiblen, spirituellen Art und einer befreienden Leichtigkeit ansprechen, wobei sie Schicksalsprüfungen, u. a. Brustkrebs, nur im Ansatz erkennen lässt. Auch versteht sie, den Zauber eines Augenblicks in ihren Haiku, einer Kurzform der fernöstlichen Literatur, für ihre Leserschar festzuhalten. Als Sponsorin liegt ihr das geplante Pilgerzentrum am See Genezareth im Heiligen Land am Herzen; ferner erinnert sie seit Monaten in diversen Schreiben an Bischöfe, Gemeinden

und den Vatikan an das bedeutendste christliche Marienwerk unserer Literatur aus dem 17. Jahrhundert aus Spanien mit dem Titel „Leben der Jungfrau und Gottesmutter Maria“ -von der Äbtissin Maria von Jesus von Agreda, deren Seligsprechung noch immer nicht vollendet ist. Ihre an sie von Gott erteilten Offenbarungen wurden in 25 Sprachen übersetzt und drohen, in Vergessenheit zu geraten. Die APOSTOLISCHE NUNTIATUR IN DEUTSCHLAND, Berlin, regt mit dem Schreiben vom 14.02.2013 an: „Damit Ihr Engagement für eine bessere Kenntnis von Maria von Agreda zum Ziele führt, wäre es nötig, dass Ihnen Ihr Erzbistum Paderborn eine Anerkennung dafür gibt.“

Ihr Gedicht „In dem Weinberg“ – erstes deutsches Papstgedicht – gewidmet Papst Benedikt XVI. (†) wurde in der Stiftung Geburtshaus Papst Benedikt XVI. Marktl archiviert, ferner im Wallfahrtsmuseum Altötting, im Erzbistum München, Apostolischen Nuntiatur Berlin und von seinem Bruder Prof. Dr. Georg Ratzinger (†) an Papst Benedikt XVI. (†) gern weitergeleitet. Ihre dreißigjährige Mitgliedschaft als Mehrfachpatin in der Dritten Welt mit Ehrenurkunde bei World Vision, Frankfurt, ist das Lebenswerk der Autorin. Übrigens, ihre vier Lebens- bzw. Tagebücher „Wege der Liebe“ mit der Signatur-Nr. 2086 lagen einige Monate im Dt. Tagebuch-Archiv Emmendingen, die nunmehr in ihrem Heimatort auf Wunsch einsehbar sind. Und ihre fünf Lyrikbände erschienen im Sommer 2012 in einer Neuauflage mit dem Titel „Ein Stück Himmelszelt“, in dem ihr lyrischer Seelenschatz nochmals festgehalten wird. Übrigens: Statement von Dr. Uwe Frank, Frankfurter Verlagsgruppe: „Der Verlag schätzt sie als Segen Ihres Talents. Gerade deswegen werden immer wieder Texte aus Ihrer Feder vom Lektorat als wesentlicher literarischer Beitrag der Gegenwartsliteratur bewertet und zur Veröffentlichung empfohlen.“

Sämtliche Publikationen einschl. Erstes deutsches Papstgedicht sind im Kommunalarchiv (Stadtarchiv – Bibliotheksbestand heimischer Autoren) ihrer Geburtsstadt Herford wertschätzend in 2014 aufgenommen worden. Beitritt 2015 in den Verein Österreichischer Schriftstellerinnen und Künstlerinnen. Von der Präsidentin, Frau Helga Helnwein, wurden in der Jubiläumszeitschrift 130 Jahre Verein, Wien, neun ihrer Bücher in Tiefe, Vielfalt und Flut von Seelenströmen und Traumwelten rezensiert, darunter auch zwei Haiku-Bücher, die in Japan und Marbach archiviert sind.

In das deutsche Literatur-Archiv Marbach wurden ihre beiden Haiku-Bände nunmehr gern 2014 aufgenommen sowie ihr Lyrikband „Wieder flechten das Mieder im Mai“. In der hohen Kunst der japanischen Kurz-Lyrik erhielt sie 2014 den ersten Preis für ihr Haiku zum Thema Garten. Die erwähnten zwei Haiku-Bändc sind außcrdcm in Tokio archiviert (Nobuyuki Yuasa).

Ferner Mitgliedschaft in 2017 beim TEA (Tagebuch- und Erinnerungsarchiv e.V.), Berlin. Ferner übernimmt sie bei Missio e.V., Aachen, seit 2017 drei Schutzengelpatenschaften in Nord-Ost-Indien, im Kongo und Ghana.

Die nationale und internationale Autorin feierte im Mai 2021 ihren 70. Geburtstag und schaut auf ca. 12 eigene Bücher und über hundert Anthologien im In- und Ausland zurück.

Ferner erhielt sie vom Frieling Verlag Berlin, dem sie seit 2012 mehrmals mit fast 50 Anthologien freundschaftlich verbunden ist, einen Jubiläumsband mit fast 80 Seiten ausgewählter Texte von ihr als Dank für ihre Treue und als Wertschätzung für die kreative Zusammenarbeit (Gratis-Geschenk zum 70. Geburtstag).

G. E. Fugmann (Gabriela Elisabeth Fugmann), Jahrgang 1963, geboren und aufgewachsen in Sonneberg. Eine waschechte Thüringerin mit oberfränkischem Spracheinschlag und starker Verbundenheit zu ihrer thüringisch/fränkischen Heimat. Langjährige Tätigkeit als Diplom-Musiklehrerin und freiberufliche Sängerin. Veröffentlichung zahlreicher Gedichte in der „Frankfurter Bibliothek des zeitgenössischen Gedichts“ und in mehreren Anthologien des August von Goethe Literaturverlags.

Andrea Hallmann ist 1960 im Ruhrgebiet geboren, Mutter von zwei erwachsenen Töchtern. Nach Schul – und Berufsausbildung war sie im eigenständigen Betrieb tätig. Seit 11 Jahren ist sie in einer Sozialeinrichtung beschäftigt. Schreiben gehört zu ihren Hobbys und so konnte sie im Laufe der Jahre verschiedene Beiträge veröffentlichen.
Ihre Gedichte hat sie in der Bibliothek deutschsprachiger Gedichte, im Literaturpodium und dem August von Goethe Literaturverlag veröffentlicht. Zu ihren veröffentlichten Kurzgeschichten gehören *Mein Zollverein, Der Schmetterling (Aufstieg in den Bergen)* und *Der Stern der Hoffnung (Auf Irrfahrt in der Westsee)*

Beatrix Jacob, geb. 1960, lebt in Sachsen Anhalt, erlernte den Beruf der Industriekauffrau im Mineralölwerk Lützkendorf, später absolviertes Hochschulfernstudium als Diplom Ingenieur Ökonom an der MLU Halle Saale und TH Carl Schorlemmer Merseburg. Danach Weiterbildung als Umweltschutzbeauftragte beim Haus der Technik Essen, heute im Ruhestand. Als Christin seit 2018 konfessionslos.

Gerda Jaekel, geboren 1943, in Winterberg/Sld., Lebensort: Bottrop-Kirchhellen, kaufmännische Ausbildung, bis 1979 in der Buchhaltung tätig. Danach Studium an der „Neuen Kunsthochschule in Zürich, Aquarellstudio Gerda in Kirchhellen, ging als Liedermacherin an die Öffentlichkeit, Referentin für die Aquarellmalerei, zahlreiche Ausstellungen, seit 2002 Absolventin des Fernstudiums „Literarisches Schreiben" an der Cornelia Goethe Akademie, Arbeitsgebiet: Lyrische Liedertexte, Religiosität, Spiritualismus, Philosophie, Naturalistik. Gedichte und Prosa in zahlreichen Anthologien. Mitglied der GAL (Gemeinschaft der Absolventen und Literaturpreisträger), lange Zeit im Verein IGDA (leider nicht mehr existent) tätig gewesen, in Kürschners deutschen Literaturkalender verzeichnet. Veröffentlicht Gedichte in der Frankfurter Bibliothek des zeitgenössischen Gedichts, sowie in der Bibliothek deutschsprachiger Gedichte in Gräfeling.

Barbara Jung-Steiner, geboren 1942 in Frankfurt/Main, aufgewachsen in Celle/Hann., technische Assistentin, pathologische, histologische Laborarbeit an und mit Tieren für die Deutsche Forschungsgemeinschaft. Großes Labor Humanmedizin, fünf Jahre Röntgenassistentin. Dreizehn Jahre im Außendienst im Pharmabereich tätig. Vorfahren sind bis 1520 in Gelnhausen zurück zu verfolgen. Der Großvater von Hans-Jakob Christoffel von Grimmelshausen eröffnet den Stammbaum. Seit 2002 in zweiter Ehe verheiratet, zwei Töchter.
Erste Gedichte mit neunzehn Jahren. Seit 1975 Gedichte, Geschichten und Gedankenabrisse. Letztere nicht veröffentlicht. Veröffentlichungen in örtlicher Zeitung. 1991 Weihnachtsgeschichte im Bremer Container (Radiosendung) 1. Preis. 2008 drei Gedichte in einer Anthologie im Geest Verlag. 2009 Gedichte und Geschichten im Wagner Verlag Gelnhausen.

„Hütchenspieler siegen selten". Seit 2012 folgend bis jetzt jedes Jahr ein Gedicht in der Anthologie „Frankfurter Bibliothek" der Brentano Gesellschaft.

Johann P. Kako ist Jahrgang 1952, arbeitete als Elektromechaniker, Kunst- und Techniklehrer und Berufsschullehrer. Zuletzt war er 16 Jahre lang als Diplom-Pädagoge Dozent für Psychologie an der Europauniversität Flensburg. Jetzt ist er im Ruhestand.

Brigitte Koch, geb. 1939 in Duisburg, Sekretärin i.R., zwei Kinder. 40 Jahre ehrenamtliche Tätigkeit. Hobbies: Malen, das Schreiben von Gedichten, Kurzgeschichten, Erzählungen, Haikus. Veröffentlichungen: Beiträge in zehn Anthologien der Nationalbibliothek des Deutschsprachigen Gedichtes, Gräfelfing. Beiträge in der „Neuen Literatur" in den Ausgaben 2021, 2022, 2022/2023, 2023, 2023/2024 und 2024 und der Weihnachtsanthologie 2023 erschienen im August von Goethe Literaturverlag. Lesungen im Kulturverein und der VHS

Detlev Krause ist am 9. Juni 1958 als zweites von fünf Kindern in Kleinmachnow bei Berlin zur Welt gekommen.
Seine Eltern waren Eisenbahner. (Reichsbahn)
Das heißt, er wuchs in der ehemaligen DDR auf und erlernte nach Schulabschluss den Beruf des Offsetdruckers.
Die ersten Jahre war er in der Zeitungsrotation (Deutsches Sportecho) beschäftigt, wechselte später dann in den Bogenoffset. Von 1984 bis 1989 absolvierte er in Berlin und Leipzig ein Fernstudium zum Diplomingenieur (FH) für grafische Technik. 1993 zog er mit seiner Familie von Berlin nach

Geisenheim am Rhein, denn dort hatte er sich erfolgreich für die Stelle eines Druckinstruktors beim Druckmaschinenhersteller MAN Miller in Geisenheim beworben. Als Instruktor war er auch im Ausland tätig. 2009 verließ er die Firma als Folge der Weltwirtschaftskrise. Die Firma hatte ihren Sitz inzwischen in Offenbach/Mühlheim. (manroland)
Er machte eine Umschulung zum Busfahrer, da er schon als Kind davon geträumt hatte. Bis heute fährt er die Rheingaulinie Rüdesheim-Wiesbaden.
Mit dem Schreiben von Gedichten fing er im Alter von 11 bis 12 Jahren an. Jahrzehnte lang hat er nichts mehr gemacht. Bis er während einer schweren Krankheit 2011 wieder mit dem Dichten anfing. Der Spaß daran ist bis heute geblieben.

Ute Kreibich, geb. 1970 in Lutherstadt Eisleben. Sie schloss eine Lehre zur Apothekenfacharbeiterin ab und erlangte den akademischen Grad des Bachelor of Arts für das Hauptfach Erziehungswissenschaft und die Nebenfächer Psychologie und Neuere deutsche Literaturwissenschaft. Außerdem absolvierte sie eine Magisterprüfung im Hauptfach Russistik und eine im Nebenfach Anglistik.
Sie belegte das Fernstudium „Literarisches Schreiben“ an der Cornelia Goethe Akademie in Frankfurt am Main, welches sie erfolgreich mit dem Schriftstellerdiplom abschloss.
Zurzeit ist sie Erwerbsminderungsrentnerin und führt eine ehrenamtliche Tätigkeit im Archiv der katholischen Kirche in Eisleben durch.
Veröffentlichungen: einige Leserbriefe in der Mitteldeutschen Kirchenzeitung „Glaube + Heimat“, in der Mitteldeutschen Tageszeitung sowie im „Super Sonntag“ des Mansfelder Landes.

Gedichtbeiträge in 21 Jahrbüchern für das neue Gedicht, Frankfurter Bibliothek, Brentano Gesellschaft Frankfurt/M. mbH, Frankfurt/Main.
„Aus unerfüllter Liebe“, Beitrag in der Anthologie Neue Literatur, Herbst 2005, Cornelia Goethe Literaturverlag Frankfurt/Main.
Verschiedene Gedichte in den Anthologien Neue Literatur Frühjahr 2011, Herbst 2011, Frühjahr 2012 und Herbst 2012, jeweils im August von Goethe Literaturverlag, Frankfurt/Main.
„Die große Liebe der Königstochter“ – Beitrag in „Der Frankfurter literarische Lustgarten“ 2015, Cornelia Goethe Akademie Frankfurt am Main.
Fabeln und Erzählungen in der Anthologie Neue Literatur 2016/2017, August von Goethe Literaturverlag, Frankfurt/Main.
„Erinnerung an den Sturm der Emotionen an unserer Uni zur Wende“ – Beitrag in der Anthologie „Die Welt im Sturm – Sichtweisen auf ein bewegtes Phänomen“ 2020, Frankfurter Literaturverlag.
„Traumvorstellung und Wirklichkeit in der Partnerschaft“ – Beitrag in der Anthologie „Beziehungsplauderei“ 2021, Frankfurter Literaturverlag, Offenbach/Main.
Gedichtbeiträge in der Anthologie Neue Literatur 2021, August von Goethe Literaturverlag, Offenbach/Main.
Geschichten und Gedichte in der Anthologie Neue Literatur 2021/2022, August von Goethe Literaturverlag.
Eine Erzählung sowie Gedichtbeiträge und „Die Kindheitserlebnisse meiner Mutter Christa“ (letztere beschreiben ihre Flucht aus Schlesien) in der Anthologie Neue Literatur 2022, August von Goethe Literaturverlag, Offenbach/Main.

„Die Seele lebt weiter“ - Beitrag in der Anthologie „Von Glaube bis Unglaublich - An der Grenze des Fassbaren“ 2024, Frankfurter Literaturverlag.
Mitgliedschaften: Sie ist Gemeindemitglied der katholischen Kirche „St. Gertrud“ in Lutherstadt Eisleben und hielt eine umfangreiche literarische Lesung zur Kultursommernacht 2015 in einem Weinkeller auf dem Marktplatz von Lutherstadt Eisleben, welche durch einen bekannten Gitarristen und Sänger umrahmt wurde.

Karl-Heinz Labetzsch, geb. 6.10.1942.
Beruf: Programmgestalter/Regisseur/Unterhaltungskunst
Moderator der Berliner Talkrunde „Gefragte Leute befragt“

Hannelore Neumann, geboren 1928 in Kassel, geheiratet 1954, drei Kinder, Beruf: Sprechstundenhilfe, Röntgenassistentin, Mutter. Erste eigene Veröffentlichung eines Gedichtbandes „Ein kleines Stück von mir“ im public book media verlag.

Leinhard Maderspacher wurde 1960 in Oberammergau geboren, wo er auch heute noch lebt. Viele Jahre spielte er im Theater und verfasste eigene Theaterstücke. 2021 veröffentlichte er im August von Goethe Literaturverlag sein erstes eigenes Werk „Hartls Eigenhirnsprüche und Gedichte“, aus welchem er auf seinem YouTube-Kanal „Hartl’s Sprechstunde“ dann und wann vorliest.

Rolf von Pander, geb. 1948 in Hameln/Weserbergland, Sohn deutsch-baltischer Eltern. Nach seinem Abitur in Idstein absolvierte er ein naturwissenschaftliches Studium der Meteorologie in Mainz. Anschließend war er beim Deutschen Wetterdienst tätig. Bei für den Lebensweg gegebener Ausstattung mit sowohl tradierter humanistischer als auch mit naturwissenschaftlicher Wertebasis adjustierte der Autor sein Weltbild mit eigenen Beobachtungen über Umwelt, Gesellschaft und Leben und gewann damit eine hohe Wertschätzung der UNO-Menschenrechte als Hilfe gegen moderne materialistisch geprägte Dekadenz. Ausgang des 20. Jahrhunderts – dabei auch mit Entdeckung der Freude zum Schreiben – griff der Autor zur Feder für Gedichte und Essays, mit denen er zu einer erneuerten Wertschätzung geistiger, lebensfördernder Weisheit ermutigen will – auf dem Kurs von Humanismus gegen materialistischen Werteverfall.
So empfindet Rolf von Pander auch Feinheiten und Großartigkeiten göttlicher Schöpfungen als entdeckenswert – so auch erlebt in situ der alpinen Bergwelt als Ultraläufer.
Unter für die Zukunft projizierten Bildes einer bewohnbaren Erde entsprangen so kürzlich zwei eigene Werke als Autor seiner Feder, auch Übersetzungsarbeit, mit der Rohlings „Die Klimafrage“ deutschsprachig erschienen.

Christine Pauly, geb. 1936 in Leipzig. Aufgewachsen im Erzgebirge und in Hessen. Nach dem Abitur Studium an der Fachhochschule für Bibliothekswesen in Stuttgart. Zweites Studium an den Pädagogischen Hochschulen in Würzburg und Nürnberg. Lebt seit 1974 in Neumarkt/Oberpfalz.

Solveigh Renate Reisinger-Huck, geboren 1944 in Neumarkt/ Opf., nach dem Abitur Studium der Betriebswirtschaft und Wirtschaftspädagogik, Oberstudienrätin a.D., seit 1955 lebend in München.
Autorin folgender Gedichtbände: „Du, in meinen Träumen“, „Du, meine Liebe, Du, mein Sehnen“, „Du, meine Liebe, Du, mein Leben“, „Du, meine Liebe, mein grenzenloses Fühlen“, „Du, meine Liebe, Spiegel meiner Seele“. Veröffentlichungen u.a. in folgenden Sammelwerken: „Neue Literatur“, August von Goethe Literaturverlag; „Jahrbuch für das Neue Gedicht“, Frankfurter Bibliothek; „Das Gedicht lebt“, Anthologie, R.G. Fischer Verlag.

Wendelin Schlosser, Studium der Germanistik und Theologie ohne Abschluss, freier Journalist, Autor verschiedener Bücher, die alle im August von Goethe Literaturverlag erschienen sind: „Das Leben hat einen tiefen Sinn“, „Das Kind fand eine Blume“, „Gedichte für Teenager“, „Gedichte für Menschen die an Gott glauben“, „Der Ehebrecher“, „Liebe und Liebeskummer“, „Die Deutschen unter dem Damoklesschwert“, „Kulturrevolution“, „Gedichte gegen Krieg und Gewalt“.

Hans-Joachim Schorradt, geboren 1954 in Berlin-Ost. Der Autor, der in Berlin die Schule besuchte, eine Forstarbeiterlehre absolvierte, dort lebte und weiter lebt, ist seit Jahren Altersrentner. Veröffentlichungen: Seit 1996 zahlreiche Beiträge in Anthologien.

Florian Gernot Stickler, Jahrgang 1976, studierte klassische Archäologie, Philosophie und Kunstgeschichte; promovierte 2009 in Würzburg im Fach Philosophie. Dort betreibt er seine „Philosophische Praxis für angewandte Philosophie“ und ist Lehrbeauftragter an der Universität.
Bisherige Veröffentlichungen: „Was denkt in mir“ (2007, BoD), „Nachtgesichte, die begrenzte Ewigkeit!“ (2011, Monsenstein und Vannerdat), „Alleinigkeit“ (2023, August von Goethe Literaturverlag).

Kurt Strobl, geboren 1928 in Wien. Buchdrucker, Beamter, Pensionist. Mitglied im Verband Geistig Schaffender und Österreichischer Autoren.
Veröffentlichungen: „Die besten Gedichte 2010/11“, Frankfurter Literaturverlag. Beiträge in Anthologien und Zeitschriften. 2008 Gedichtband „Aufgeschrieben“. Lesungen in Kulturvereinen.

Brigitte Szabo, geb. 1952, verheiratet, 2 Kinder, anspruchsvolle, herausfordernde, erfüllende kaufmännische Laufbahn. Offene Fragen, Druck, suchen, öffnen Zugänge, festgefahrene Muster zu sprengen. Entdeckung von Hintergründen in Prozessabläufen mithilfe alles spiegelnder Werkzeuge psychologischer Astrologie, Traumdeutung, Körperarbeit, Intuition.
Zahlreiche Veröffentlichungen.
Willkommen auf meiner Homepage:
brigitte-szabo-literatur.de
VERSTEHEN ERMUTIGT ZUM SEIN

Gerhard Trageser hat sich als Journalist in Heidelberg im Umgang mit dem Wort geschult. Seine Liebe zur Sprache verbindet er mit der Neigung zur Poesie, die er seit seiner Jugend hegt. Seine gefühlvollen und teils ironischen Gedichte sind von der Neuromantik inspiriert. Unter dem Pseudonym Roman Tieck hat er bereits mehrere Gedichtbände veröffentlicht, darunter „Zeit des Sehnens“, „Echos der Stille“ und „Im Schatten der Träume“.

Peter Troche, geb. 24.08.40, Tätigkeiten als Versicherungskaufmann, Lagerist, Bauarbeiter und Schauspieler. Rentner seit 1992. Zwei eigenständige Veröffentlichungen bei der Frankfurter Verlagsgruppe.

Astrid Türke wurde am 8. November 1942 geboren und lebt seit 2005 als Rentnerin in Berlin. Sie arbeitete in verschiedenen Berufen wie u.a. als Eisenbahnerin und als Pförtnerin bei einer Wachschutzfirma. Sie schrieb und schreibt heute noch kleine Geschichten und unveröffentlichte Romane, betreibt als Steckenpferd das Lesen und ist an gesellschaftlichen Themen interessiert.

Claudia Wieners, geb. in Frankfurt/Main, 1989, arbeitet als Klimaphysikerin in den Niederlanden. Zur Zeit erforscht sie umstrittene Methoden, um die Erde künstlich abzukühlen, v.a. deren Einfluss auf Golfstrom und Antarktis. Dichten ist ihr Mittel gegen Kopfzerbrechen.

Sura Sylwia Zaler, einige Jahre nach dem Krieg als Tochter von Shoa Überlebenden in Polen geboren, im Vorderen Orient aufgewachsen, hauptsächlich in Berlin tätig. Studium der Philosophie, Psychologie und Vergleichenden Religionswissenschaften. Arbeitet als Psychotherapeutin, Schriftstellerin, Musikerin und Fotografin. Diverse Literaturveröffentlichungen in Deutsch und Französisch, Literaturpreis in München.

Inhalt

Worte, Erinnerungen, Botschaften

Claudia Wieners

Ich habe es erlebt

Liebe ist nur ein Wort,
aber sie trägt alles, was wir haben

Wer Religion hat, redet Poesie